Peilikuvia

Facebook:

KirjoittajaMarkusKronstrom

Instagram:

kirjoittajamarkuskronstrom

Peilikuvia on Markus Kronströmin esikoisteos.

Markus Kronström

Peilikuvia

Kustantaja: BoD – Books on Demand,
Helsinki, Suomi
Valmistaja: BoD – Books on Demand,
Norderstedt, Saksa

ISBN: 978-952-80-4255-6

Sinulle

Prologi

Lauantai 3.6.1995

Kesäkuun ensimmäinen lauantai on helteisen kuuma päivä. Lämpömittari näyttää monessa paikassa lukemaa +28°C. Koulujen juhlasalit ovat tuskaisen lämpimiä ja monella on vain kiire päästä sieltä pois kesälomalle. Aivan liian kuuma on myös Karolla Helsingissä lukionsa juhlasalissa. Turussa lukionsa juhlasalin estradilla hikoilee näyttävästi Alexander korjaillen lähes joka toinen minuutti silmälasiensa asentoa. Tai lyhyesti vain Alex, kuten kaikki ovat häntä aina kutsuneet. Karo on lakkiaisista pikemminkin vain vaivaantunut; magna cum lauden ylioppilas voisi olla ylpeä, mutta jostain syystä hän ei ole. Olisi pitänyt olla laudatureja kaikki eli ällän paperit. Alex on cum laude approbatureineen erittäin hyvää keskitasoa, mutta hän on helpottunut, kun kirjoitukset ja koulu ovat vihdoin onnistuneesti suoritettu. Hänen tavoitteensa kirjoituksissa oli vain päästä läpi.

Todistusten, kättelyiden ja halauksien, ehkä yllättävienkin, jälkeen rehtori valmistaa uudet ylioppilaat kohtaamaan uuden kesän uusine seikkailuineen, mutta ennen kaikkea näkemään, että tästä se elämä vasta alkaakin.

– Nyt julistan teidät ylioppilaiksi! Paljon onnea, hauskaa kesää ja hyvää elämää!

Gaudeamus igitur
Juvenes dum sumus.
Gaudeamus igitur
Juvenes dum sumus.
Post jucundam juventutem
Post molestam senectutem
Nos habebit humus.
Nos habebit humus.

Sitten vielä Suvivirren haikean surulliset sävelet ja näin on saatettu päätökseen 12 vuoden koulurupeama.

Tässä vaiheessa eivät Alex ja Karo vielä tiedä toisistaan mitään ja meneekin vielä monta vuotta ennen kuin he kohtaavat. Kundeja yhdistää kuitenkin se, että molemmat ovat samanikäisiä ja homoja. Alex on liikkeissään arka ja ujo eikä tuosta vain kohtaakaan toisia samanhenkisiä kundeja. Mutta eipä siinä mitään. Toistaiseksi. Hänhän on vasta 19 ja koko elämä edessään. Niin ja onhan hänellä hänen valtaisa mielikuvituksensa sekä kokoelma esteettistä kuvamateriaalia suurimpia himoja tyydyttämään. Runkkumateriaalia! kuten hän itse sanoo. Karolle taas toisten samanhenkisten kundien kohtaaminen on helpompaa, joten hän törmää jos jonkinlaisiin sattumuksiin erilaisten kundien kanssa.

Alexin ja Karon ensimmäinen virtuaalinen kohtaaminen tapahtuu viikkoa ennen joulua vuonna 2000. Alex on tapansa mukaan kiimainen nuorimies, joka janoaa kunnon nettiseksiä rivoine juttuineen. Karon viimeisin pitkä suhde on päättynyt kesällä 2000, mutta jokin ihme liima pitää Karoa ja hänen exäänsä edelleen yhdessä tai pikemminkin yhteyksissä, vaikka yhdessä ei enää asutakaan.

Alex perääntyy hieman kuullessaan Karon edelleen kuvioissa mukana olevasta exästä, mutta antaa silti puolihuolimattomasti deittisähköpostinsa Karolle, ennen kuin hänen on taas palattava netin syövereistä tosielämän haasteita pohtimaan. Myös Karo antaa vaihdossa oman sähköpostiosoitteensa.

"Kuullaan lisää sähkispostissa, jos kiinnostaa vaihtaa ajatuksia!", näin katoaa Alex gay-chatista. Karo on linjoilla vielä hetkisen tarkistaakseen, onko se eräs heebo vielä tavoitettavissa, jonka kanssa voisi lähteä kaakaolle.

Alex ja Karo. Turku ja Helsinki. Kaksi kundia, kaksi kaupunkia. Haaste vai mahdollisuus? Alex pallottelee mielessään samalla muistaen, että päivällä luennollakin käsiteltiin haasteita ja mahdollisuuksia. Vaikka ne olivatkin vähän toisenlaisia kuin hänen omat henkilökohtaiset haasteensa ja mahdollisuutensa.

Seuraavan päivän iltana Karon sähköpostiin kilahtaa Alexin viesti:

Moikka!

Chattailtiin eilen illalla. En ole varma muistatko minua, mutta olen se 24-vuotias turkulainen kundi, jolla oli hassu nimimerkki ja rivot jutut. Erotuit jollain tavalla muusta chattiporukasta ja ajattelin, että olisi kiva vaihtaa ajatuksia.

Jos kiinnostuit, kirjoittele!

Ai niin, mun nimi on Alex

Seuraavana yönä tai pikemminkin aamuyöllä kello 3.20 saapuu Alexin sähköpostiin Karon vastaus, jonka Alex lukee aamulla tultuaan yliopistolle.

hei

en ole tarkistanut tämän
viestin kielioppia, joten
anteeksi kaikki kirjoitus- ja
kielioppivirheet.

muistan sinut kyllä chatista ja
muistan myös rivot jutut, joita
kovasti yritit ujuttaa
nettikeskusteluumme. en vain
silloin ollut sillä tuulella.
voin vaikka myöhemmin selittää,
jos tosiaan olet kiinnostunut
tutustumaan paremmin.

kello on nyt jo paljon. itse
asiassa on jo aamuyö ja kello
on 3.10. on aika laittaa
sähköposti, netti ja kone
kiinni ja yrittää saada
unenpäästä kiinni. ainakin
yrittää, vaikka yritykseksi se
taitaa jäädä tänä yönä.

keskustelun jatkaminen ainakin
minun osaltani tuntuu ihan
mahdolliselta. olen myös 24-
vuotias ja mun nimi on karo. mä
asun helsingissä, kuten varmaan
chatissa kerroinkin. eikä se
turkukaan nyt niin kaukana ole.

pidän itse pitkien sähköpostien
ja kirjeiden kirjoittamisesta.
olen sitä mieltä, että ihan
paperikirjeilläkin on
tarkoituksensa vielä tänäkin
päivänä. minulla on muutamia
kirjekavereita ulkomailla,
joiden kanssa kirjoitellaan
säännöllisen epäsäännöllisesti.
se on ihan hyvä tapa ylläpitää
myös kielitaitoa.

kirjoitellaan!

karo

Siitä alkaa Alexin ja Karon säännöllisen epäsäännöllinen yhteydenpito sähköpostien, tekstiviestien ja puheluiden välityksellä. Yhteydenpidossa on välillä pitempiäkin taukoja, mutta yhteys säilyy silti jostain syystä. Alexin kiinnostukselle on eräs muukin syy kuin pelkästään Karo; se että Karo asuu Helsingissä. Helsinki on Alexille näyttäytynyt aina sellaisena homomyönteisenä paikkana ja muutenkin kaupunki on lapsesta saakka houkutellut puoleensa. Pieni suuri Stadi, jossa on miljoona mahdollisuutta. Jonain päivänä, miettii Alex välillä.

Karon syntymäpäivän aamuna 26. syyskuuta 2001 ennen yliopistolle lähtöä Alex lähettää tekstiviestin:

```
Paljon onnea, Karo! Muista
juhlia kunnolla!
Neljännesvuosisata pistää
ajattelemaan.
```

Alex on aina ollut Marilyn Monroe-fani ja neljännesvuosisata pistää ajattelemaan oli suora lainaus elokuvasta Piukat paikat (Some like it hot).

Karo lukee viestin jo heti aamulla, mutta ei vastaa siihen silloin. Hän ei vastaa vielä päivällä tai iltapäivälläkään. Kello 18.01 piippaa Alexin 5110 nokialainen keltaisilla kuorilla.

Kiitos onnitteluista. Voinko soittaa vielä tänään?

Alexilla on samana päivänä luento- ja iltaan asti, mutta viimeisen luennon kahvitauolla hän tarkistaa viestit ja vastaa Karolle.

Pitkä päivä. Voit soittaa tänään. Olen kotona vasta klo 20.

Mitäköhän sillä Karolla on oikein mielessään?

Kello 20.01 aloittaa Alexin nokialainen soittamaan Mozartin 40. sinfoniaa. Alex vastaa. Puhelimesta kuuluu Karon ääni, joka on tavallista hilpeämpi ja hieman makea (jos äänestä voi käyttää termiä makea). Alexille selviää, että Karo on jo ehtinyt nauttia jonkin verran syntymäpäiväjuomiaan. "Siideriä!", kuten hän itse asian ilmaisee.

– Onko sulla tällä hetkellä joku? Karo kysyy.

– Ööh... Ei. Pitäisikö olla? ihmettelee Alex.

– Muuten vain tässä ajattelin. Mehän ei olla vielä koskaan edes tavattu kasvokkain.

– Niin... Ei olla ei...

Mikä syy siihenkin sitten on tai minkä syyn siihen keksisi? Alex ajattelee, mutta ei sano sitä ääneen.

– Mulla on mielessä eräs juttu. Olisi nimittäin mukavaa nähdä ihan livenä, niin mä voisin näyttää sulle mitä sana homoseksi tarkoittaa mun sanakirjassani. Sitten vähän hihitystä ja Karo jatkaa.

– Mä olen nimittäin viime kesän aikana saanut kokea yhtä jos toistakin kiinnostavaa juttua ja saanut oikein ammentaa omaa seksuaalista identiteettiäni. Ja jos sua vain kiinnostaa, niin mä voin opettaa sua siinä asiassa! Mä nimittäin tiedän mitä sä haluut.

Karon julkea ja suorasukainen puhe saa Alexin jopa hieman hämmentymään. Tässäkö se nyt sitten on? Pitikö odottaa 25 vuotta, niin sitten Stadista kajahtaa ja tarjotaan suoraa toimintaa?

– No mitä mä sitten haluun sun mielestä? Alex kysyy varovasti.

– Sä haluut, että kieltä lipitetään sun perseellä! räjäyttää Karo kuin olisi jo työntämässä märkää kieltänsä Alexin pakaroiden väliin.

Alexille tämä on jo liikaa: – Kuule! Saaks mä sanoa rumasti?

– Saat!

– SENKIN SIKA!

Karon korville tuo on suorastaan musiikkia. – MMMMmmmm... No toi oli vielä aika kesyä.

Alexin ja Karon puhelinkeskustelu etenee sujuvasti eteenpäin ja kundit päättävät tavata toisensa Helsingissä. Hämmentynyt Alex kuitenkin haluaa pitää pientä jännitystä yllä saatuaan tällaisen pommin ja kertoa vastauksensa Karon seksiehdotukseen vasta seuraavana päivänä.

Alexin tekstiviestin olisi hyvin voinut kirjoittaa vaikka kokonaan isoilla kirjaimilla.

Mä haluan seksiä sun kanssa, Karo!

Samoin!

Alexin hymyä ei voi sanoin kuvailla. Karo taas ottaa asian tyynen rauhallisesti. Onhan hän juuri paljastanut, että on tähän mennessä harrastanut seksiä yhteensä 25 eri ihmisen kanssa.

Molemmilla on nyt kuitenkin aikaa sulatella mitä oikein tuli sanottua. Välillä Karo tosin joutuu muistuttamaan viestissä Alexille:

Älä suunnittele liikaa sitä
tapaamista.

Vähän voi olla jo paljon.

Älä nyt panikoi.

Kuukausi kuluu verkkaisesti, mutta kuitenkin sen verran nopeasti että sekä Karo että Alex huomaavat perjantain 26. lokakuuta olevan huomenna!

Jännittävän junamatkan Turusta Helsinkiin jälkeen Alex kohtaa Karon Helsingin päärautatieasemalla koleana lokakuun viimeisenä perjantaina. He hyppäävät ratikkaan, joka vie heidät Karon pikkuruiseen yksiöön Kalliossa.

Seksiä kundit eivät harrasta heti, vaan he juovat Coca Colaa ja puhuvat, puhuvat, loputtomasti puhuvat, kunnes Karo saa päähänsä lähteä ostamaan lisää Coca Colaa läheisestä K-kaupasta.

Karon palattua cokispullo mukanaan hän huomaa Alexin ilmeestä, että on aika. Hän asettuu Alexin viereen makuupatjan päälle, joka on keskellä huoneen lattiaa. Alex alkaa käpälöidä ja hieroa Karon reisiä, johon Karo vastaa.

– Mä haluun sua, Karo, kuiskaa Alex tämän korvaan.

Karo ottaa Alexin silmälasit pois ja asettaa ne viereiselle pöydälle. Kundit suutelevat, Alex yllättyy Karon kielestä suussaan. Vaatteet suorastaan liukuvat kundien päältä pois. Alexista tuntuu uskomattomalta, että hän edes on tässä toisen kundin kanssa. Vihdoinkin! Nyt hän haluaa kokea kaiken. Aivan KAIKEN. Ja vaikka tuo kuulostaakin mahdottomalta, että yhdellä panokerralla voi kokea aivan kaiken, Alex todella ajattelee niin.

Kundit runkkaavat toisiaan. Alex haluaa Karon läimivän hänen pakaroitaan, ja tuntiessaan Karon voimakkaan kämmenen iskut pakaroissaan hänen kyrpänsä kovenee entisestään. Alex haluaa suudella Karoa uudelleen. Kundit peuhaavat kiimaisina toistensa kimpussa. Karo ottaa miehekkäästi Alexin ison ja paksun kyrvän käteensä ja alkaa vetelemään sen esinahkaa edestakaisin, varmoin liukuvin vedoin. Varsinkin Karon kyrpä erittää näyttävästi kiimalimaa Alexin alavatsan ja kyrvän päälle. Hei hetkinen, Karolla on vielä sukat jalassa.

– Mulla on aina sukat jalassa, Karo väläyttää ja tempaisee ne pois jaloistaan.

Alex tarttuu Karon patjalle mätkähtäneeseen sukkaan ja haistaa sitä. Ei haise oikeastaan miltään. Karo hymähtää hieman.

– Vaihdoin aamulla.

Karo painaa Alexin selälleen patjalle ja hieroo Alexin kyrpää, joka jostain syystä on osoittanut pehmenemisen merkkejä. Voi ei, ajattelee Alex.

– Ihan rauhassa Alex, eka kerta harvoin onnistuu. Äläkä vaan ajattele, että sinussa olisi jotain vikaa. Sinussa ei ole mitään vikaa.

Alex nousee istumaan patjalle. Hyvältä se silti tuntui... Tuntuu edelleenkin. Niin se tuntui Karostakin. Hän ei sitä Alexille sano, mutta hän on itse asiassa nyt hyvin ylpeä itsestään. Hän on Alexin ensimmäinen varsinainen kundikokemus. Hetkinen. On Alexilla eräs läheisyyskokemus ollut erään kundin kanssa vuotta aiemmin, vuoden 2000 heinäkuussa. Mutta tällainen näin seksuaalinen kokemus se ei ollut.

Onko Alex nyt Karon numero 26? Ei. Karon syntymäpäivillä oli numero 26. Alex on Karon numero 27, mutta se ei heikennä Alexin arvoa Karolle puoleen tai toiseen.

Alexilla on nälkä ja niinpä kundit hyppäävät ratikan kyytiin ja matkaavat Stockmannille syömään. Tai oikeastaan Alex syö ja Karo juo kahvia. Illan tullen Karo saattaa Alexin rautatieasemalle. Viimeinen syvä halaus kundien välillä. Alexin silmissä on kosteutta, mutta myös riemua. Turun junan liukuessa kaukaisuuteen Linnunlaulun suuntaan Karo miettii, että pitäisikö Alex tavata mahdollisimman pian uudelleen?

He tapaavatkin uudelleen, mutta eivät pian tuon jälkeen, vaan eräänä kuumana kesäpäivänä 2002. Kyseessä on kahvitapaaminen ex tempore ja ilman seksiä. Tuntuu kuin jotain olisi pielessä. Onko? Lattea juodessaan Teatterin Delissä Alex tutkii Karoa ja huomaa hänen kasvoissaan kireyttä, hermostuneisuutta ja hajamielisyyttä. Karo Kakkonen istuu Alexia vastapäätä, mutta Karo Ykkönen on jossain valovuosien päässä.

– Tekstaillaan!

Se on Karon viimeinen kommentti Svenska Teaternin ja Stockmannin kulmalla Mannerheimintiellä, kunnes kundit eroavat. Karo ei saata Alexia asemalle, eikä Alexilla tunnu olevan enää yhteyttä Karoon. Elokuinen Helsinki jää elämään omaan elämäänsä ja Alex palaa Turkuun. Vielä on pari kesälomaviikkoa jäljellä ennen kuin opinnot yliopistolla jatkuvat.

Syksyn aikana kundit vaihtavat vielä muutamat tekstiviestit. Tapaamistakin Alex ehdottaa, mutta Karolle on ilmaantunut jokin este.

Tavata voidaan, mutta seksiä en ikävä kyllä voi tarjota.

Onko sulla joku juttu menossa
vai?

Kaikki on ihan alussa, mutta on
sellainen sopimus, että ei
vieraita.

Haista vittu, Karo! Sä olisit
voinut vähän varoittaa mua.

Se on hankalaa, kun asutaan eri
kaupungeissa.

Sitten tulee hiljaista ja Karosta ei kuulu enää mitään.

Tulevien vuosien varrella Alex yrittää ottaa yhteyttä Karoon, mutta ilman vastausta. Tämä ei kuitenkaan lannista Alexia. Onhan hänellä muitakin mahdollisuuksia, joita hän kyllä kokeilee joskus onnistuen ja joskus pettyen.

Kaikesta huolimatta Karo oli ja on aina Alexin ensimmäinen oikea kundikokemus.

1.

– Karo! Onhan se Karo? Ei voi olla totta!

Alex tuijottaa edessään olevaa itseään hiukan lyhyempää ruskeahiuksista kundia. Kundi kääntyy Alexiin päin ja siristää hiukan silmiään.

– Alex...

Kundit seisovat keskellä Helsinkiä Stockmannin tavarataloa vastapäätä olevalla Kolmen Sepän aukiolla. Helteinen juhannusviikko on alussaan ja uskomaton hellekausi on vallannut Helsingin ja melkein koko Suomen. Ratikat pölisevät moneen suuntaan Aleksanterinkadun ja Mannerheimintien risteyksessä ja ihmiset singahtelevat sinne tänne kiireineen. Karon hiukan boheemisti sotketun polkkatukan seasta näkyvät pienet hikikarpalot hänen kasvoillaan ja kaulallaan. Alexin lyhythihainen valkoinen t-paita on selästä läpimärkä. Kasvojen hikoilu saa Alexin korjailemaan silmälasiensa asentoa.

– Tosi kiva törmätä, Alex aloittaa.

Karo on hetken hiljaa ja katsoo Mannerheimintien suuntaan. – Niin... Kiva törmätä, joo. Jotenkin vaan yllättävää, että nyt tässä törmätään. Sulla on kiva kesähattu, yrittää Karo keksiä jotain muutakin sanottavaa.

Alex on paria päivää aikaisemmin ostanut hatun: hauskannäköinen vaalea kesähattu ruskealla nauhalla lieriön ympärillä. Esteetikko Karo huomaa kyllä tyylin ja sitä Alexissa on ja oli myös silloin joskus.

– Kiitos. Tota... Karo... Kun nyt kerran törmättiin, niin onko sulla kiire?

Karo vilkaisee kelloaan. – Ei kauhean kiire, mutta mulla on kyllä myöhemmin menoa. Kävelläänkö vaikka?

Kundit lähtevät kävelemään Mannerheimintietä Erottajan suuntaan ja siitä Esplanadin puistoon.

– Oletko sä päivämatkalla? Karo kysyy hetkisen hiljaisuuden jälkeen.

Alex naurahtaa. – En. Mä asun täällä nykyisin.

– Ihan totta? Karo katsahtaa Alexia uteliaasti kävellessään hiljalleen eteenpäin.

– Olen asunut jo lokakuusta 2012. Mä sain silloin työpaikan täältä.

– Katsos vain. Onnittelut, Karo sanoo iloisesti.

– Kiitos. Ihme, ettei olla törmätty.

– Tämä on iso kaupunki. Ei kai Turussakaan nyt ihan tuosta vain törmää kehenkään?

– No ei, mutta ajattelin baareja ja yökerhoja.

– Siis oikeasti, oletko sä Alex alkanut klubbailla yökerhoissa? Karo kysyy epäuskoisesti.

– On sitä joskus tullut käytyä, Alex kehaisee. – Asutko sä muuten vielä Kalliossa?

– En, kun Kruununhaassa.

– Kruununhaassa? Alex ihmettelee,

– Krunikka haloo! Alkoi Kallio ahdistamaan ja sitä rataa, sanoo Karo hiukan vältelevästi. – Missä sä sitten asut?

– Töölössä. Mulla on kattonäkymät.

– Hyvä. Kauhean pieni kämppä ja kallis vuokra? arvailee Karo.

– No jaa, onhan se nykyisin vähän kallis, mutta silloin kun muutin, niin oli juuri ja juuri alle 600 euroa kuukaudessa. Sellainen 25 neliön kattokämppä.

– Kuule Alex..., aloittaa Karo kundien tultua Kappelin kohdalle. – Mä luulen, että mun pitää nyt jatkaa matkaa. Mulla on vielä asioita toimitettavana tänään.

– Okei. Tuota... Karo... Haluisitko nähdä oikein kunnolla? Alex yrittää.

– Mikäs siinä. Mutta menee kyllä juhannuksen jälkeen, kun vanhemmat ovat pyytäneet mua mukaan mökille.

– Totta kai sä menet mökille vanhempien kanssa. Niin kauan kuin meillä on vanhemmat, niin kannattaa mennä vaan mukaan melkein mihin vaan hullutuksiin, Alex sanoo.

Alexin molemmilla vanhemmilla on viime vuosina ilmennyt terveydellisiä ongelmia, jotka ovat jo monta kertaa laittaneet elämänarvot uusiksi.

– Sinähän ihan tunteelliseksi rupesit, Karo heittää huolimattomasti, vaikka tuntee samalla sisäisen piston, että joskus kaikki on ollut hiuskarvan varassa.

– Äidillä ja isällä on molemmilla ollut ajoittain terveydellisiä ongelmia, Alex huokaa.

Tulee hiljaista. Kundit ovat ajautuneet kauppatorille Havis Amandan lähettyville ja ratikat ulisevat vaihteissa Kauppatorin pysäkeillä. Karo katsoo uudelleen kelloaan.

– Mun pitää nyt kiirehtiä, jotta ehdin yhteen tapaamiseen. Ollaan yhteyksissä siitä tapaamisesta.

– Mutta miten?

– Mä annan sulle mun numeron, Karo kaivaa repustaan kännykkänsä.

– Muuten... Onko sulla sama numero kuin silloin aikoinaankin?

– Mistäs arvasit? Karo nostaa katseensa kohti Alexia.

– Siinä tapauksessa mulla on edelleenkin sun numero tallella.

– Oikeasti? Karo ihmettelee naurahtaen.

– Kyllä. On ihan kännykän SIM-kortilla.

– Sä oot kyllä erikoinen tyyppi, Alex.

– Tiedän. Omituisella tavalla erikoinen.

– Viestitellään juhannuksen jälkeen. Nyt mun pitää mennä. Hyvät juhannukset ja kuullaan! Karo hihkaisee ja hymyilee kääntyen Kauppatorin vilinään.

Alex katsoo eteensä mukulakiviseen katuun, paikkaan, jossa äsken Karo seisoi ja sitten Kauppatorilla vellovaa ihmisvilinää. Sinne katosi Karo! Voi hitto, kun ei edes halattu. Ei voi olla totta! Viimeksi Alex on nähnyt Karon 2002 elokuun alussa Teatterin Delissä. On siitä kesästä tosiaan aikaa. 17 vuotta. Alexin mielessä vilistää koko tuo aika mitä hänelle itselleen on kaikkien näiden vuosien aikana tapahtunut. Vaikka Karon yhtäkkinen katoaminen tavoittamattomiin silloin 17 vuotta sitten oli ollut Alexille järkytys ja pienen pieni äkkikuolema, niin nyt se tuntuu yhtäkkiä niin kaukaiselta. Oikeastaan Alex muistaa vain ne vuoden 2001 lokakuun viimeisen perjantain tapahtumat erään pienen kalliolaisen yksiön lattiapatjoilla, kun kaksi kundia tutustuivat ensimmäisen kerran toisiinsa fyysisellä tasolla.

Alex seisoo nyt Kolera-altaan reunalla ja katselee kohti Kustaanmiekkaa. Auringonsäteet häikäisevät voimakkaasti ja hän siristää silmiään. Hitsi kun ne aurinkolasit unohtuivat aamulla kotiin. Olympiaterminaalilla odottaa Siljan laiva jo kärsimättömänä iltapäivän lähtöään.

Juhannuksen jälkeen? Suostuuko Karo tosiaan tapaamiseen? No eihän sen muuta tarvitse olla kuin kahvittelua. Vai voisiko se olla muutakin?

2.

Klik ja klik napsahtavat käsiraudat ranteisiin ja sängynpäädyn metallikaiteeseen. Alex makaa vatsallaan sängyllä punaisen silkkilakanan päällä alastomana. Käsiraudat kiristävät ranteita hiukan. Seuraavaksi hänen päänsä ympäri silmien peitoksi sidotaan pehmeä punainen huivi. Sitten hetki hiljaisuutta.

– Nyt sä vitun lutka olet mun! Karo kuiskaa Alexin korvaan dominoivasti.

Alexin vartalo jännittyy ja hänen sykkeensä kohoaa hieman, mutta hän on hiljaa. Oikeastaan jo tähän mennessä häntä jännittää niin mielettömästi, ettei puhumisesta tulisi änkyttämistä parempaa.

Alex tuntee jaloissaan ihan kuin joku kutittaisi häntä. Jotain pehmeää ja säikeistä liukuu varpaista ja jalkapohjista eteenpäin kohti nilkkoja ja pohkeita. Oi mikä onni, ettei Karo sitonut hänen jalkojaan, joten hän pystyy hieman pyristelemään pois kutittavista pehmeistä säikeistä. Mutta eipä mitään. Pehmeät säikeet ovat kohta löytäneet hänen pohkeensa ja reitensä. Syntyvää tunnetta on vaikea kuvailla, mutta ihanalta se tuntuu. Tekisi mieli koskea säikeiden jälkeen herkistynyttä ihoa, mutta sitä kun ei pysty tekemään, vaan pitää antaa kutittavan tunteen muuttua hitaasti nautinnoksi. Pehmeät säikeet jatkavat pyörivää ja vellovaa liikettään Alexin pakaroissa edeten selkään. Kutittaa ja samalla tuntuu niin taivaalliselta kuin Alexista vain voi tuntua. Sitten yhtäkkiä pehmeät säikeet katoavat. Tulee taas rauhallista hetkeksi. Rauhallisuuden rikkoo läsähdys, jonka pehmeät säikeet aiheuttavat paiskautuessaan puolitäydellä kundin voimalla Alexin pakaroihin. Hän hätkähtää. Ei satu. Ei satu. Ei vittu satu. Ei se ensimmäinen läsähdys satukaan, eikä toinenkaan, joka on vaimeampi kuin ensimmäinen, mutta sitten läsähtää kolmannen kerran niin, että Alex ähkäisee rajusti. Hän tuntee pakaroissaan hentoiset jäljet, jotka pehmeiden säikeiden läimäykset ovat muodostaneet. Sitten Karo aloittaa jakelemaan pehmeiden säikeiden tasaisen jämäköitä, mutta ei liian kovia läimäyksiä Alexin alastomalle vartalolle. Viuh... Vauh... Viuh... Vauh... Välillä Alex ähkäisee kovemmin, välillä henkäisee kuin tasaten hengitystään ja lieventäen läimäyksistä aiheutuvaa lämpimän kiihkeää tunnetta, joka valtaa koko Alexin vartalon, ja välillä hän ei vain yksinkertaisesti päästä ääntäkään, vaan yrittää keskittyä vastaanottamaan seuraavan läimäyksen, mihin se sitten osuukin. Vähitellen Alex tuntee miten hänen kyrpänsä on paisunut täyteen mittaansa hänen ja punaisen silkkilakanan puristuksessa. Pehmeiden säikeiden tanssiessa hänen vartalollaan, hän aloittaa vähitellen liikuttamaan lanteitaan ja hieromaan kyrpänsä lakanaa vasten. Hän tuntee miten kosteaa kiimalimaa alkaa erittyä. Hän runkkaa itseään sänkyä vasten samalla kun vastaanottaa Karon jakelemia pehmeiden säikeiden iskuja. Tunne on tai-

vaallinen, kun kosteutta valuu hänen kyr-
västään lakanalle; toisaalta olisi ihanaa
pidätellä kosteuden valumista kyrvästä,
mutta toisaalta sitä ei pysty pidättele-
mään, vaan neste vain valuu ulos kyrvästä
ja aiheuttaa tunteen kuin jotain suuren-
moista olisi tapahtumassa.

– Anteeksi! ANTEEKSI! sanoo
naisääni jostain kaukaa, kunnes Alex ha-
vahtuu torikahvilan pöydässä. – Täällä on
niin täyttä nyt, että onko tämä paikka va-
paa? nainen osoittaa Alexin pöydän toi-
sella puolella olevaa jakkaraa.

– Öö, on vapaa on. Siitä vain. An-
teeks, mä olin ajatuksissani, Alex nolos-
tuu.

– Ei mitään, vastaa nainen ja is-
tahtaa pöytään kahvi ja pulla tarjottimel-
laan. – Se on tää helle, kun ajatukset
risteilee vaikka minne, nainen nauraa ja
Alex naurahtaa takaisin.

Karon häivyttyä ihmismassaan
Alex seisoi hetken Kolera-altaan reunalla
merelle katsellen ja päätti sitten istahtaa
torikahville. Hän osti kahvin ja hillomun-

kin ja istahti pöytään. Katseli hetken ympärillään olevia ihmisiä. Paljon turisteja, mutta paljon myös paikallisia kaupunkilaisia toriostoksilla, jäätelöllä, kahvilla, matkalla ehkä Korkeasaareen ja Suomenlinnaan tai pienelle meriseikkailulle Helsingin edustalle. Tai ihan vain hengailemassa ja fantasioimassa mitä seuraavaksi voisi tapahtua, kun harrastaa seksiä. Alex kaataa loput kahvit kurkkuunsa, nousee pöydästä ja nyökkää pöytään istahtaneelle naiselle hyvät päivän jatkot.

Mitä hänen seuraavaksi pitikään tehdä? Hän ottaa puhelimensa laukustaan ja vilkaisee sen kelloa. Se näyttää 17:12. Ai niin, Stockallehan hän oli menossa. Hän päättää matkustaa Stockalle ratikalla kauppatorilta, vaikka matka onkin lyhyt. Pienikin ratikassa istuminen selkiyttää kyllä ajatuksia, sillä nyt hänen päässään suorastaan velloo hyökyaaltoja koskien Karoa.

3.

Myöhään juhannusaattoiltana Alex lähettää Karolle WhatsApp-viestin:

Hyvää juhannusta, Karo! Sovitaan tapaaminen juhannuksen jälkeen. Alex

Karo vastaa melkein heti:

Samoin, juhannusta! Jep. Sovitaan vaikka maanantaina. Tekstaillaan. Karo

Alexilla on juhannuksen jälkeen vielä viikko töitä ennen kesälomaa. Hän työskentelee Asianajotoimisto Konttinen & Nikkanen Oy:ssä, joka oli se hänen lottovoittonsa syksyllä 2012. Juhannuksen jälkeinen maanantai olisi muuten rauhallinen työpäivä ellei iltapäivällä olisi hankalaa asiakastapaamista. Siitä jutusta ei tultaisi pääsemään yli eikä ympäri, sen Alex tiesi jo ennestään. Lounaalla kahvila

Ekbergillä hän lähettää Karolle viestin.

Iltapäivän hankala asiakastapaaminen on kello 14 ja Alex tarkastaa kännykkänsä vielä ennen sitä. Ei vastausta Karolta. Asiakastapaaminen sujuukin paremmin kuin Alex odotti ja valmista on jo klo 14.45. Mutta ei vieläkään vastausta Karolta. Alex palaa toimistolle ja tekee vielä pakolliset päivänpolttavat paperityöt valmiiksi. Kello 16.20 hän astuu kivitalon lämpimästä rappukäytävästä ulos helteen polttamalle Iso Roobertinkadulle ja asettaa aurinkolasit nenälleen. Hitsi! Linjan 3 ratikka vingahtaa juuri liikkeelle pysäkiltä ja alkaa liukua kohti Bulevardia. Noh, tuleehan seuraava noin 10 minuutin kuluttua, mutta... Alex vilkaisee taas kännykkäänsä. Ei viestiä Karolta. Hän laittaa kuulokkeet korvilleen ja antaa Spotifyn rauhoittaa ajatuksia. Hän valitsee Mozartin serenadin no. 13 "Eine kleine Nachtmusik".

Alex päättääkin jäädä pysäkin vastakkaiselle puolelle; kolmosen ratikka Olympiaterminaalille ja siitä eteenpäin kakkosena veisi hänet suoraan kotiin hänen niin halutessaan. Ja kuitenkin hän ehtisi vielä muuttaa mieltään ja jäädä Aleksanterinkadulla pois ostoksille.

Kolmosen ratikka Olympiaterminaalin suuntaan saapuukin nopeasti ja Alex hyppää siihen. Se on se uudenmallinen matalalattiavaunu, joka on hiljaisempi kuin vanhemmat matalalattiavaunut. Kummallista, ruuhka-aika eikä vaunussa ole kuin kourallinen ihmisiä. Kesä alkaa näkyä. Alexin kannalta se on hyvä ja hän asettuu istumaan vaunun takaosan puolelle. Ohi vilahtavat Viiskulma ja hurja kurvaisu Eiran sairaalalle Tehtaankadulle. Oliko se viikontakainen törmääminen Karon kanssa vain sattuman unta? miettii Alex. Oliko tarkoitus, että hän kohtaa Karon vielä kerran ja siinä kaikki? Kundi Alexin menneisyydestä tuli pikavisiitille tervehtimään ja sanomaan "Tekstaillaan!", eikä koskaan kuitenkaan tekstailla. Se on vain kohtelias sanonta, kun kerran muutakaan ei ole sillä hetkellä tarjolla.

Alex havahtuu ratikan rajuun jarrutukseen Kaivopuiston pysäkin jälkeen. Ilmeisesti taas joku idiootti oman tiensä kulkija teini tai silmäätekevän miljonääriukon maailmanomistaja hienorouva on hypännyt huolimattomasti ratikan eteen tai jompi kumpi edellisistä on maailmantähden elkein kurvannut autollaan ratikan eteen. TÖÖT! KLING! Pysähdys kestää vain hetkisen ja sitten taas jatketaan matkaa. Muutaman minuutin pysähdys Olympiaterminaalilla ja sitten kohti kauppatoria ja Aleksanterinkatua. Ai niin, nythän on se poikkeus, eikä kakkosella pääsekään ihan Stockalle asti. Alex jää pois Aleksanterinkadun pysäkillä ja lähtee kävelemään kohti Stockmannin valtavaa tavaratalokompleksia. Kadulla on se tuttu ihmisvirta ja helle suorastaan lyö kasvoille. Alex tuntee kauluspaitansa kainalot märkinä ja ottaa tummanvihreän pikkutakkinsa pois käsivarrelleen. Oliko siellä jääkaapissa vielä jotain ruoan jämiä? Alex yrittää muistella jääkaappinsa sisältöä. Ei. On maitoa, juustoa, kinkkuleikkele, salaatti, tomaatteja, kurkku, margariini... Mutta ei varsinaisesti ruokaa.

Hän menee Stockan Herkkuun ja ostaa pari sipulia ja valkosipulia, jauhelihaa, pastaa ja herne-maissi-paprika -sekoituksen. Hän kävelee Lasipalatsin pysäkille ja matkustaa kakkosen ratikalla kotiinsa Töölöntorille.

Alexin pienen yksiön avokeittiön hellalla muhivat jauheliha kelta- ja valkosipulin sekä tomaattikastikkeen ihanassa sekamelskassa paistinpannulla, vieressä pikkuruisessa kattilassa on sulatuksessa herne-maissi-paprika -yhdistelmä ja isossa kattilassa kolmannella hellan levyllä likoavat juuri al dente -tilassa olevat pastat.

Viereisellä keittiötasolla kilahtaa viestimerkki Alexin kännykässä. Alex sammuttaa hellan levyt ja nappaa kännykän käteensä. Se on Karolta.

Sopii tapaaminen vaikka huomennakin, ke mulla on iltamenoa, mutta to ja pe ei.

Vihdoinkin! Jos kerran Karolle sopii huomenna, niin sitten se on huomenna. Mutta entäs paikka?

Huomenna siis klo 18. Mutta missä nähdään?

Lasipalatsin ratikkapysäkillä. Mä tulen sinne. Huomiseen!

Alex istuu yksiönsä oranssinvärisessä nojatuolissa ja syö hyvällä halulla juuri valmistamaansa jauhelihapastaa. Vahva valkosipulin tuoksu leijailee ilmassa. Makua tasoittaa herne-maissi-pakrika -yhdistelmä, joka on Alexin äidin vinkki tavallisen jauhelipastan lisukkeeksi. Parmesania ei jääkaapista löytynyt edes lastuina, joten tällä kertaa pitää olla ilman. Mutta tomaattikastike on taivaallista.

Yleensä Alex napsauttaa television päälle heti kotiin tultuaan, mutta tänään on toisin. Hän on vain herkeämättä odottanut Karon vastausta, mutta onneksi vatsan kurniminen on hälyttänyt ruoan valmistamiseen. Helpotuksen huokaus on myös Karon vastauksen saapuminen ja se, että nyt ainakin tapaaminen on sovittu. Huomenna. Ensin oli mukavaa saada tapaaminen sovittua, mutta nyt tuntuu taas tyhjältä ja epätodelliselta. Kunpa tapaaminen ei olisikaan huomenna, vaan joskus myöhemmin. Noh, eipä tässä muu auta kuin vain sen enempää suunnittelematta tavata Karo ja katsoa miten homma etenee. Alex huomaa jauhavansa edelleen ruokaa suussaan, vaikka se on muuttunut nielemiskelpoiseksi jo aikoja sitten.

4.

Karo seisoo Lasipalatsin ratikkapysäkillä ja hänen ruskea polkkatukkansa hulmuaa helletuulessa. Hän on suojautunut mustiin aurinkolaseihin. Lämpötila on taas tuskainen +27 °C, mutta siihen on jo jollain tavalla turtunut tänä kesänä. Linjan 1 ratikka saapuu pysäkille ja siitä ulos hyppää hymyilevä Alex.

– Moi, Karo! Ihana nähdä! hän hihkaisee.

Nyt tai ei koskaan. Hän harppoo muutamat askeleet Karon luo ja ottaa kunnon halausotteen. Karo hiukan yllättyy tästä eleestä, mutta päästää Alexin lähelleen ja taputtaa kevyesti muutaman kerran Alexin paidan yläselkää ja tuntee samalla kosteuden siinä.

– Kuuma, toteaa Alex.

– Sitähän se on ollut muutaman viikon. Mä en vaan jollain tavalla siedä hellettä.

– Oot sä jo päättänyt mihin mennään?

– Olen. Mennään Engeliin kahville.

– Mennäänkö ratikalla? ehdottaa Alex ja huomaa, että nelonen on juuri saapumassa pysäkille. – Nelosellahan päästään Senaatintorille, eikä tarvitse kävellä tässä helteessä.

Vartin kuluttua Alex ja Karo istuvat Café Engelin pöydässä edessään cafe lattet ja kinkku-juustotoastit.

– Sulla on kutrit pidentyneet, aloittaa Alex.

Karo naurahtaa ja haukkaa toastiaan. – Joo, ehkä mulla on jokin neljänkympin kriisi ja valtava tarve pitää kiinni nuoruudesta. Oikeastaan mulla on ollut polkkatukka jo aika monta vuotta.

– Mä muistan sulla vaan lyhyet hiukset, Alex sanoo.

– Niinpä. Mites kauan siitä onkaan kun ollaan viimeksi tavattu? Karo pohtii ääneen.

– 2002 elokuun alussa pikaisesti, Alex auttaa.

– Vaude! 18 vuotta sitten! Siinä on siis mennyt ihmisen kehitys teini-ikäiseksi.

Nyt molemmat nauravat ja jatkavat sitten latten ja toastien maistelua.

Alex aloittaa avautumisen, madaltaa hiukan ääntään ja kertoo, että viime tapaamisen jälkeen hän on ehtinyt valmistua oikeustieteen maisteriksi, suorittaa vaativan asianajajan koulutuksen, olla työttömänä, hankkia ja menettää itsellensä suihinottajan, menettää perseensä neitsyyden, kuulla miljoona kertaa olevansa ruma ja epäkiinnostava, löytää tiensä pariinkin turkulaiseen asianajotoimistoon tekemään niin sanottuja pikku juttuja suuria odotellessa ja loppujen lopuksi vuonna 2012 syksyllä voittaa päävoiton Asianajotoimisto Konttinen & Nikkanen Oy:n kilpailussa uuden asianajajan paikasta. Tuli oikea ajolähtö. Mutta niinhän se yleensä onkin uusien työpaikkojen kanssa. Jos ei vakkaripaikkaa ole, niin silloin pitää hakea kaikkea mikä liikkuu, sanottiin työkkärissäkin. Tuli kiire löytää asunto, mutta siinäkin tuntui olleen onni myötä ja pikkuruinen 25 neliön yksiö avokeittiöllä löytyi nopealla nettihaulla ja oli vielä kaiken kukkuraksi Töölössä. Pientä ekstraa tuli kattonäkymistä.

– Töölö on hienoa kaupunkimaisemaa, mutta harmittavan kallista, toteaa Karo.

– Oot sä asunut joskus Töölössä? Alex kysyy.

– Vuosina 1997 ja 1998, kun olin juuri muuttanut pois vanhempien luota. Meillä oli... Tai kyllähän mun vanhemmat asuvat vieläkin siinä kolmiossa Huopalahden aseman vieressä.

Sitten tulee hiljaista kundien välillä ja he syövät toastin rippeet ja huomaavat latteakin vielä olevan jäljellä.

– Mitä sä olet puuhaillut kaikki nämä vuodet, Karo?

Karo nielaisee toastin muruset suustaan ja kaataa suuhunsa haaleaa lattea.

– Jaa-a... Jotenkin tekisi mieli sanoa, että sun elämä on ollut paljon, paljon mielenkiintoisempaa kuin meikäläisen.

– No kerro edes jotain, ehdottaa Alex.

– Sen jälkeen kun meidän yhteydenpitomme tyrehtyi kokonaan on tapahtunut paljon. Olen ollut masentunut, univaikeuksinen, seksivaikeuksinen ja yleisvaikeuksinen. Olen myös ollut tai ainakin yrittänyt olla kundi toiselle kundille, olla onnellinen ja löytää jonkinlaisen paikan tässä elämässä.

Alex on hiljaa ja katsoo surullinen ilme kasvoillaan Karoa.

– No mutta hei Alex! Älä nyt vaan vittu rupea vaatimaan, että mä joudun kertomaan jokaikisen yksityiskohdan, koska yllätys, yllätys: mä en edes muista kaikkea mitä mulle on tapahtunut. Se masennus ei ollut mikään maailman helpoin juttu, mutta nyt tuntuu jo jotakuinkin paremmalta. Terapiassa on käyty enemmän kuin tarpeeksi ja käydään vastakin jos tarvetta on, mutta nyt voi jo sanoa, että mä osaan, onnistun ja pärjään itseksenikin.

– Seksivaikeuksia sulla? ihmettelee epäuskoinen Alex.

– Hehheh, kuule vaikka mä silloin aikoinaan nussin kuin kani, kyllä siinäkin asiassa joskus tulee kuppi täyteen.

– Oikeasti?

– Kyllä vain. Mulla meni vuosia, kun kaikki oli vaikeaa.

– Mites nyt sitten?

– Nyt vai? Jos sä olet vailla jotain, niin ei mulla ainakaan tällä hetkellä ole mitään estettä. En mä ole etsimässä ketään, mutta jos vastaan tulee seksinnälkäinen kundi ja intressejä löytyy puolin ja toisin, niin mikäs siinä! heittelee Karo ja seuraa uteliaana Alexin reaktiota.

Alex on syystäkin ymmällään, mutta tajuaa samalla mitä Karo on juuri hänelle kertonut.

– Noh, juo nyt jo se kylmä latte, niin voidaan lähteä, naurahtaa Karo hämmentyneelle Alexille.

On suorastaan vapauttavaa astua ulos Café Engelin lähes saunaa muistuttavasta kahvilasta Senaatintorille, jossa kuitenkin velloo se sama helleaalto kuin muuallakin.

– Tällä viikolla on Helsinki Pride, toteaa Karo nähtyään Pride-lippuja Senaatintorin kulmassa.

– Pride on ihan ookoo, mutta ei ole vaan mun juttu. Ainakaan vielä. Olen mä kuitenkin siellä katselemassa ollut, paljastaa Alex.

– Mä olen ollut kerran lauantaina marssilla, mutta yleensä olen minäkin katsellut Aleksilla tai Senaatintorilla, kertoo Karo.

– Mihin me nyt sitten ollaan menossa? kysyy Alex.

– Mun luo. Mähän asun Krunikassa. Eli tuolla suunnalla! hän viittoilee jonnekin Helsingin Tuomiokirkon ja Suomen Pankin suuntaan.

Kundit lähtevät astelemaan kohti Karon kotia. Matkalla Alex avautuu Karolle huonoista kokemuksistaan kohtaamiensa kundien kanssa. Rehellisesti hän paljastaa millaista hänen elämänsä seksuaalinen puoli on ollut ja millaisiin tyyppeihin hän on törmännyt.

*　　*　　*

Sori, mutta sä et oo mun tyyppiä!
(Tämän ovat sanoneet useimmat tyypit,
kun ovat joko nähneet Alexin livenä tai
hänen kuvansa netissä.)

Sori, ei kiinnosta.
(Se yksi ja tavallinen vastaus.)

*Kiitos kuvasta, mutta seksifantasiat
voidaan kyllä unohtaa. Sä oot niin
erinäköinen valokuvassa kuin
millaisen käsityksen susta sai netissä
ja puhelimessa.*
(Tämän sanoi tyyppi kaukaa melkein Na-
papiiriltä vastaanotettuaan Alexin valo-
kuvan kirjeessä oltuaan ensin noin
kuukauden hänen kanssaan yhteyksissä
chatissa, sähköpostissa ja puhelimessa
puheluin ja tekstiviestein.)

Sä oot liian karvainen.
(Tämänkin kommentin Alex on kuullut
enemmän kuin tarpeeksi.)

Sä oot liian pitkä.
(Alex on tosiaan pitkä kundi, mutta sen-
hän pitäisi olla hyvä asia. Vai onko?)

*Mä en vois kuvitellakaan
harrastavani seksiä kundin kanssa,
jolla on viikset.*
(Tämän sanoi erään kundiparin toinen
puolisko Alexin tavatessa heidät kasvo-
tusten pienen nettikirjeenvaihdon jälkeen.
Alexilla oli siihen aikaan sellaiset amis-
viikset.)

*Mä sain sun kuvan, kiitos, mutta
täytyy sanoa, ettet ole lainkaan
mun tyyppiäni. Lisäksi sinulla on
viikset. Mutta voidaan me kavereita
olla...*
(Tämän sanoi tyyppi, johon Alex tutustui
toisen kaverin kautta.)

*Ei, Ei, EI, EI, EI! MÄ EN VOI
KUVITELLAKAAN MEISTÄ MITÄÄN
SELLAISTA!*
(Tämän sanoi kundi, jonka kanssa Alexilla
oli hänen ensimmäinen läheisyyshetkensä
toisen kundin kanssa.)

*Sulla on vaan hyvä muna ja that's
it!*
(Tämän sanoi eräs suihinottajakundi,
jonka luona Alex aina silloin tällöin kävi ja
kuvio oli aina vain se, että Alex tuli hänen
luo, kundi otti häneltä suihin, runkkasi it-
sellensä orkut ja heitti lopuksi Alexin
ulos.)

*Olihan sitä kiva imeä, mutta ei enää
kiinnosta.*
(Tämän sanoi suihinottajatyyppi sen jäl-
keen, kun Alex viimeisen kerran oli hänet
tavannut.)

*Ei missään tapauksessa. Kaikki
menee sekaisin. Kaverit kavereina ja
petikaverit petikavereina.*

(Tämän sanoi eräs kundi, jonka Alex oli ajatellut kokemuskaveriksi, mutta joka sitten yllättikin.)

[   ]

[   ]

[   ]

Näiden hakasten sisällä on tekstiä tai puhetta, jonka vastapuoli korvasi olemalla hiljaa.

"Sori, mutta sä et ole mun tyyppiä" on kai siltikin se kohteliain tapa sanoa se.

*   *   *

Kundit saapuvat Snellmaninkadun ja Liisankadun kulmaan.
– Kuten sä olet varmaan huomannut, että jos ei se homoelämä Turussa ollut helppoa, niin ei se täällä Stadissakaan niin helppoa ole, Karo lohduttaa. – Mä

asun tässä.

Karo avaa rappukäytävän oven ja kundit puikahtavat sisään. Toisessa kerroksessa Karo avaa asuntonsa oven.

– Tällainen kämppä mulla tällä kertaa!

Alexin eteen avautuu pieni eteinen, jossa kirjahylly täynnä kirjoja, vaatenaulakko ja leveä matka-arkku, joka on ilmeisesti istumista varten. Alex istahtaa arkulle ja ottaa tennarit jaloistaan.

– Hieno eteinen ja kirjahyllykin eteisessä, kehuu Alex.

– Niin sähän pidit tai pidät kanssa kirjoista.

– Hyvä kirja on hyvä kaveri, jos se hyvä kaveri vaan sitten on myös hyvä kaveri, eikä vain lupaa sellaista takakannessa.

– Tuon oven takana on makuuhuone ja täällä, Karo avaa oven. – Täällä on olohuone ja keittiöyhdistelmä.

– Tää on siis kaksio Krunikassa?

– Tää on nimenomaan kaksio Krunikassa, Karo iskee silmää.

Alex nousee ja menee olohuoneeseen Karon perässä. Keskellä huonetta on kolmen istuttava punainen sohva. Huoneen toisella seinustalla on avokeittiö. Aivan kuten Alexillakin. Mutta toisella seinustalla on valtava kirjahylly jossa on kirjoja suoraan sanottuna kattoon asti.

– Wau!

– Wau vaan itsellesi Alex. Jos sä kerran olet siellä asianajotoimistossa töissä ja oikeustieteen maisteri, niin lukeminen ja kirjathan ovat sulle ihan päivänselviä juttuja.

– Kirjat ovat tuttuja kyllä joo, mutta mun on pakko lukea aika paljon ammattikirjallisuutta säännöllisesti. Kyllä mä silti yritän vetää välillä viihdelinjaa ja lukea ihan kaunokirjallisuuttakin. Oot sä todellakin lukenut nuo kaikki kirjat tuosta hyllystä?

– Sitä se masennus teettää, jos tämän koko kirjahyllyn voisi kiteyttää yhteen lauseeseen, sanoo Karo vihdoin ja katoaa keittonurkkaukseen. – Otat sä juotavaa? Kahvia, cokista, viiniä, jotain miestä väkevämpää? kuuluu seuraavaksi keittonurkkauksen jostain kulmasta.

– Vaikka punaviiniä, sanoo Alex ja istahtaa sohvalle.

Karo palaa hetken päästä mukanaan viinipullo ja kaksi viinilasia. Hän istahtaa sohvalle Alexin viereen ja laskee lasit ja pullon sohvan vieressä olevalle tarjoilukärrylle.

– Tämä on kyllä ihan huikea lukaali, Alex hymähtää epäuskoisena ja katselee huonetta. – Tässä on varmaan ihan mieletön vuokra.

– Kaikki on niin suhteellista. Mutta totta. Kyllä mä tosi paljon saan niitä käännöstöitäni tehdä, jotta saan vuokrarahat kasaan.

– Helsingissä on kovat hinnat kaikissa jutuissa ja ainakin asuntojen vuokrissa, Alex sanoo.

Karo kaataa molemmat viinilasit suurin piirtein puolilleen ja ojentaa toisen niistä Alexille.

– SILLE! huikkaa Karo.

– Niin mille? kysyy Alex epäilevänä.

– JUST SILLE!

Alex kääntyy Karoa kohti ja huomaa vasta nyt miten Karon vasen käsi lepää hänen oikealla reidellään. Hän vilkaisee Karoa ja huomaa, miten Karon silmissä leiskuu. Hänen tekee mieli suudella Karoa. Hän suuteleekin. Nyt Alex on se joka työntää kielensä Karon suuhun. Hän maistaa Karon suussa punaviinin hieman happaman marjaisen maun ja jää tutkimaan Karon suuta kielellään enemmän. Tätä jatkuu jonkin aikaa, kunnes Alex havahtuu mitä oikeastaan on tekemässä.

– Tuntuiko hyvältä? Karo kysyy hymyssä suin.

– Ihan kuin silloin 18 vuotta sitten sun Kallion kämpän lattiapatjoilla, mutta sillä erotuksella, että nyt mä olin se joka työnsi kielensä toisen suuhun.

– Niinpä! Karo läpsäyttää kevyesti Alexin reittä.

– Ja nyt mulla on jotenkin varmempi ja turvallisempi olo, sanoo Alex.

Karo hymyilee: – Totta kai. Me ollaan molemmat paljon vanhempia kuin silloin ja ehkä säkin olet oppinut rentoutumaan paremmin ja laittamaan estot nurkkaan. Mutta silti kannattaa muistaa: – Vähän voi olla jo paljon, lisää Karo.

Jostain kaukaa menneisyydestä kaikuvat sanat toistona: "Vähän voi olla jo paljon."

Alex tuntee, että nyt seuraavaksi on tapahtumassa jotain mikä olisi pitänyt tapahtua jo silloin 18 vuotta sitten, mutta monien onnettomien sattumusten kautta tapahtuu vasta kesällä 2019.

Voiko vähän enää olla paljon?

5.

Karon makuuhuone on pieni ja sinne on juuri ja juuri mahtunut sänky metallisine sängynpäätyineen. Huoneessa on ikkuna pimennysverhoilla peitettynä. Katossa on valokisko, jossa on kolme spottilamppua kohdistettuna sängyn eri kohtiin. Molemmilla puolilla ikkunattomilla seinillä on valtavat moniosaiset peilit. Seinäpeilien lisäksi huoneessa on kaksi liikuteltavaa vartalopeiliä. Jos ihmisessä on vähänkään ekshibitionistin vikaa, niin peilit auttavat kiihottumisessa. Jos kiihottumisessa ei ole ongelmaa muuten, niin peilit vain lisäävät sitä.

Alex ei oikein ensin tiedä mitä sanoa tai ajatella asiasta. Onhan hän vilkkaassa mielikuvituksessaan monesti kuvitellut itsensä pornotähdeksi, jota nussitaan edestä ja takaa ja oikein kimpassa. Hikiset kropat hinkkaavat toisiaan. Kundien kiimaiset voihkaisut ja ähkäisyt täyttävät tilan. Orgasmit seuraavat toistaan ja yksi kerrallaan jätkät laukeavat enemmän tai vähemmän pärskähdellen, huudahtaen ja ähkäisten samalla jotain vitun kiimasta spermojen lentäessä joko toisten kundien vartaloille tai muuten vain ilmaan tai lattialle.

Karo ottaa Alexia kädestä ja suutelee kiihkeästi kielellään suoraan suulle. Alex vastaa Karon suudelmaan. Sitten Alex irrottautuu Karon otteesta ja riisuu paitansa. Hän yrittää ottaa Alexin silmälasit pois, mutta Alex haluaa antaa niiden olla päällä. Sitten farkut. Sitten sukat ja lopuksi alushousut. Alex jää seisomaan sängyn viereen ja katsoo Karoa. Karo heittää paitansa pois, riisuu farkut, sukat ja alushousut. Molemmat kundit seisovat nyt alastomana ja katsovat toisiaan.

— Toivottavasti sulla on kortsuja, sanoo Alex hiljaa.

— Löytyy kuule ihan liukkariakin, sanoo Karo ja hyökkää kohti Alexia.

— Nörtit nussii parhaiten, voihkaisee Alex Karon korvaan.

Kiihkeän suutelemisen yhteydessä Alexia tai pikemminkin hänen jalkojaan alkaa heikottamaan. Tärisevin jaloin hän polvistuu lattialle Karon eteen.

– Vittu sä tiedät kyllä paikkas tässä senkin lutka, sanoo Karo kiimaisena.

Tämä kaikki on musiikkia Alexin korville ja hän alistuu Karolle. Alex kumartuu Karon paljaita jalkoja kohti ja suutelee niitä. Jos 18 vuotta aikaisemmin Karon sukat oli vaihdettu aamulla, niin tänään Karo ei vielä ole ollut suihkussa ja niinpä Alexin edessä on tarjottuna Karon hyvin muodostuneet, aika isot, mutta kuitenkin kundimaiset jalat. Alex nauttii kevyen juustoisesta hajusta, joka leijailee hänen nenäänsä ja nuolee Karon molempien jalkojen varpaita vuorotellen. Karo seuraa kiimassaan Alexin toimia haltioissaan. Sitten Alex nousee ja ottaa Karon puolikovan kyrvän suuhunsa ja imee sitä ahnaasti. Koko kalu kovenee täyteen mittaansa. Suussaan Alex maistaa Karon puolivalmiin nektarin, mutta jatkaa pitkiä ja syviä imaisujaan. Ihanaa, kiusoittelevaa lipitystä terskan päässä. Sitten taas Karon kyrpä Alexin kiimaisen suun syvään syleilyyn aina nielurisoihin asti. Karo on tässä vaiheessa jo valmis antamaan periksi paloruiskulleen ja ähkäisee: – Mä laukean kohta!

Alexille se on merkki imeä entistä ahnaammin ja niinpä hän saakin suuhunsa aikamoisen lastin lämmintä kermaista spermaa. Osa spermasta syöksyy ulos hänen suustaan ja valuu pitkin leukapieliä lattialle. Sperma maistuu aika neutraalilta, mutta vähän suolaiselta. Karo ähisee orgasmin kourissa ja tasoittelee hengitystään pitäen samalla kiinni Alexin päästä ja hiuksista.

– Maistuiko? kysyy Karo voitonriemuisena.

– Mmmm..., saa Alex mumistua suu spermasta pullollaan.

– Nyt mä haluan imeä sua Alex. Mene sängylle selällesi ja sulje silmäsi.

Alex tottelee Karon käskyä täysin ja on saman tien selällään sängyllä. Karo asettuu Alexin yläpuolelle ja ottaa Alexin jo täysin kovettuneen kyrvän suuhunsa ja imee, imee kuin se olisi maailman ainoa jäljellä oleva pillimehu, josta pitää riittää mehua vielä pitkään. Alex makaa selällään sängyllä Karon äheltäessä hänen kyrpänsä kimpussa ja katselee ympärilleen. Hän näkee vartalopeilit sängyn päädyissä ja valtavat peilit seinillä. On oikeastaan aika hämmentävä kokemus nähdä itsensä alastomana noin monesta kulmasta ja vielä hämmentävämpää nähdä itsensä harrastavan seksiä. Hän on tosiaan ihan nörtin oloinen silmälaseineen Karon käsittelyssä. Alex huomaa tosin kiihottuvansa siitä ja päättää häpeilemättä vain antautua Karolle.

Karolle ei riitä Alexin kyrvän käsittely suulla ja käsillä, vaan kielihoidon saavat myös Alexin karvaiset pallit. Karo nuolee ja jättää kielellään syljen tahrimia märkiä jälkiä Alexin vartaloon. Karo kääntää voimakkaasti Alexin vatsalleen sängyllä ja avaa käsillään hänen kiinteät pakaransa.

"Sä haluut, että kieltä lipitetään

sun PERSEELLÄ!" Tämä huudahdus kaikuu Alexin korvissa jostain kaukaa menneisyydestä, kun Karo aloittaa ahnaan perseennuolemisen. Alex on kuin seitsemännessä taivaassa, eikä tiedä pitäisikö nyt ulista vai voihkia ja hänen reaktionsa onkin varovainen ähinä, joka saavuttaa huippunsa hieman ulvahtaen. Nyt Karo tietää Alexin olevan jo lähellä ja niinpä hän työntää Alexin uudelleen selälleen ja ottaa kiimalimaa tihkuvan kyrvän suuhunsa. Kyllä vain. Kundi on jo lähellä, aavistaa Karo ja yrittää pakottaa Alexin paksun ja pitkän kyrvän syvemmälle nieluunsa. Voi jessus, jätkällä on isompi kyrpä kuin muistinkaan. Kevyet kakomiset, mutta Karo onnistuu siinä ennen kuin Alex alkaa hytistä ja inistä ja hänen kyrvästään tulvahtaa spermaryöppy Karon suuhun ja kasvoille.

— Ihanaa! huudahtaa Alex ja suutelee Karon spermaisia huulia.

— Odota. Ei tämä vielä ole ohi, sanoo Karo ja nostaa sängyn alta esiin liukuvoidepullon ja kondomipakkauksen.

– Oot sä ihan varma? epäilee Alex ensin.

– Satavarma. Pyllistäs nyt se kiimaperseesi mulle, niin mä nussin sut tainnoksiin, sanoo Karo äänellä, joka ei edes kuulosta siltä Karolta, jonka Alex tietää, vaan joltain homopornotähdeltä.

– Vai onko sulla vielä neitsyys perseessä? Karo kysyy hiljaa ja varovaisesti.

Alex kääntyy Karoon päin ja pudistaa päätään.

– Ai niin, kyllähän sä siitä mainitsit Engelissä.

Karo voitelee Alexin perseen huolellisesti liukuvoiteella, asettelee varovasti kondomin kyrvälleen, joka on taas täydessä 20 cm:n mitassaan ja voitelee kortsun peittämän kyrpänsä niin, että se kiiltää ja hohtaa maakuuhuoneen spottivalojen loisteessa. Alexin alkuinahduksen jälkeen kaikki sujuukin täydellisesti ja Karo nussii Alexin persettä kuin ensimmäistä kertaa, vaikka tämä ei todellakaan ole Alexin ensimmäinen persenainti, mutta ensimmäinen kerta Karon nussittavana. Karo huomaa orgasminsa lähestyvän ja päättää, että tällä kertaa riittää pikanainti.

– Haluut sä lastin suuhun vai minne? hän ähkii Alexille.

– Laukea kortsuun mun sisään ja mä nuolen mällit sitten kun oot vetänyt kortsun pois.

Karo naurahtaa itsekseen. Katos kundia. Oikein sikailua haluaa. Noh, siitä sitten vain. Karo laukeaa kortsuun jossain Alexin anaalin uumenissa. Karon selvittyä orgasmistaan Alex vetäisee kortsun pois Karon kyrvältä ja imaisee spermasta ja hiestä limaisen kyrvän suuhunsa. Karon makuuhuoneessa suorastaan haisee homoseksi.

– Mitä kello on? säpsähtää Alex.

Karo nousee sängyltä ja käy eteisessä.

– 21.15.

– No huh, ei sentään enempää. Mulla on aamulla töitä.

– Niin mullakin, sanoo Karo.

– Mitä sä teet?

– Käännöstöitä. Suomea, ruotsia, englantia, saksaa, ranskaa ja italiaa.

– Sä oot oikea kielinero, kehuu Alex.

– En mä kaunoa sentään käännä. Kaikenlaisia tiedotteita ja esitteitä ja sellaisia.

– Okei. Mun pitää nyt varmaan mennä kotiin. Työt kutsuvat aamulla. Kai me nähdään vielä?

– Totta kai. Kyllä mä voin näyttää sulle Gay Kama Sutran salat ja vielä paremmin kuin siinä alkuperäisessä, virnistää Karo.

Vielä ovella Alex kääntyy Karoon päin:

– Onko sulla mahdollisesti punainen lakana, käsiraudat ja sellainen monihaarainen piiska?

Karo räjähtää nauramaan niin että se kaikuu vielä rappukäytävässäkin.

– Mistäs sä tiedät, mitä kaikkea kivaa mun buduaarista löytyy?

– Arvasin. Tai ei... Mä taisin nähdä unta sellaisesta, Alex iskee silmää Karolle ja livahtaa rappukäytävään.

6.

Alex seisoo Varsapuistikon ratikkapysäkillä ja odottaa seuraavaa mahdollista ratikkaa, jolla pääsee rautatieasemalle ja siitä vaihtamalla linjan 2 ratikalla Töölöntorille. Hän laittaa kuulokkeet korvilleen ja antaa Spotifyn soittaa jotain kaunista ja surullista tähän kauniiseen hellepäivän iltaan. Hänestä tuntuu uskomattomalta ja epätodelliselta mitä viimeisen kolmen tunnin aikana tapahtui. Voiko se olla totta? Karo oli yhtä hyvännäköinen kuin silloin aikoinaankin ja hän oli harrastanut seksiä Karon kanssa. Totta se on. Miehekästä, hikistä, kiimaisen haisevaa homoseksiä Karon kanssa, jonka kanssa 18 vuotta aikaisemmin vain kokeiltiin suutelua, toinen toistaan runkkailua ja ähellettiin jotain mistä ei valmista olisi tullut vielä tänä päivänäkään. Mutta nyt kaikki oli jollain tavalla erilaista. Kai Karo on oikeassa siinä, että nyt kun hän uskalsi vain antaa palaa, eikä pohtia liikoja mitä itse asiassa on tapahtumassa, niin kaikki tapahtuu itsestään ja luonnollisesti, kuten pitääkin. Karon kyrpäkin oli tuntunut todella ihanalta sekä suussa että perseessä.

Krunikan kompaktissa kaksiossaan Karo vaihtaa makuuhuoneessaan lakanoita. Hän nuuhkaisee niitä ennen kuin vie ne kylpyhuoneen pyykkikoriin. Melkein kolme tuntia kiihkeää seksiä Alexin kanssa. On se jätkä muuttunut näiden vuosien aikana. Kroppakin jotenkin voimistunut ja lihaksisto saanut ihan uusia muotoja. Pelaakohan hän vielä futista? Siitähän hän puhui joskus silloin kauan sitten. Karo siirtyy olohuoneen ikkunan luo ja avaa sen raolleen. Alhaalta kadulta kuuluu ratikan pölinää ja jossain nauraa nuori teini ja rääkäisee hiukan sen päälle. "Kai me nähdään vielä?" Karo imitoi itsekseen Alexin kommenttia ja nauraa päälle. Voi vittu, kun sä jätkä vaan tietäisit miten ihanan komea ja söpö sä oot, kun sä oot epävarma. Mulla on sun varalle vaikka mitä suunnitelmia. Kunhan vain olet maisemissa niitä vastaanottamaan.

7.

Piip – piip – piip! Piip – piip – piip! Piippailee Alexin herätyskello vuodesohvan, mutta tällä hetkellä sängyn vieressä olevalla tuolilla. Hän sammuttaa herätyksen ja vilkaisee herätyskelloa: 6.15. Hetki vielä. Ihan pieni hetki vielä. Hän tietää, että vaikka herätyskellon sammuttaa, niin kännykän herätys kyllä herättää torkahtaneen uudelleen. Hän luottaa siihen.

Zip.

Kännykän herätys suorastaan velloo huoneessa.

Alex säpsähtää hereille. "08:03" näyttää kännykän näyttö. Ei vittu! Samalla hän näkee kännykän näytöltä: "Maanantai 1. heinäkuuta". Loma! LOMA! KESÄLOMA! Mikä helpotus. Liian tunnollinen työntekijä, kun sisäinen kello haluaa ilmoitella töihin lähdöstä lomallakin. Hän asettuu takaisin selälleen sängylle ja katselee kattoon. Hän tuntee ulkoa tulevan auringon lämmön. Onneksi hän oli muistanut illalla vetää pimennysverhon eteen suurimmilta auringonsäteiltä, mutta reunoilta sitkeät auringonsäteet kuitenkin antavat valoa pieneen yksiöön. "Kesäpäivä kauneimmillaan ja niin edelleen!" Neljä viikkoa ilman aikataulua ja kalenteria. Joskus elokuun alussa ensimmäinen asiakastapaaminen. Ensin sitä odottaa ja sitten kun se alkaa, ei oikein tiedä uskoako todeksi vai ei. Sitähän sanotaankin, että edessä päin oleva loma on aina parempi, kun on mitä odottaa kuin jo käytetty, lomailtu loma.

[Tekstiviesti]

Hyvää loman alkua! Oletko tulossa Turkuun tällä viikolla? Äiti.

Turkuun? Niin... Eihän mikään voita Aurajoen jokilaivoja kuumana kesäpäivänä. Ei ollut vielä ainakaan mitään sovittu Karon kanssa. Kurkistettuaan jääkaappiin Alexin on helppo todeta, että nyt jos koskaan olisikin hyvä idea käydä kotonakotona piipahtamassa ja muistelemassa menneitä.

Kaksi tuntia uusmaalaisia ja varsinaissuomalaisia ohikiitäviä maisemia junan ikkunasta ja niin Alex on palannut takaisin vanhaan kotikaupunkiinsa. Vanhempiensa luo tultuaan ja nopeat kuulumiset vaihdettuaan hänen äitinsä ehdottaa torikahveja. Torikahville he lähtevätkin koko perheen voimin ihailemaan Turun Kauppatorin toriparkin monttua samalla kun ovat pullakahvilla.

Vietettyään muutaman päivän vanhassa kotikaupungissaan Alex palaa torstai-iltana takaisin Helsinkiin. Junan pysähtyessä Leppävaaran asemalle Alexin kännykkä ilmoittaa uudesta viestistä. Se on Karolta:

Moi. Mulla on pienet bileet la-iltana. Olet tervetullut klo 21. Ovisummerin varmaan muistatkin.

Vai bileet olisi tiedossa ylihuomenna. Sen enempiä empimättä Alex vastaa:

Mulla on heinäkuu kesälomaa. Nähdään la klo 21. Muistan summerin.

8.

Kello on 20.57 lauantai-iltana, kun Alex painaa Karon ovisummeria. Alhaalla ilmoitustaululla on Karon ilmoitus bileistä, mahdollisista äänihäiriöistä ja pahoittelut jo etukäteen asiasta. Jo ratikassa matkalla Karon luo Alex on hermostuksissaan hikoillut aika lailla, mutta senhän voi helposti panna tämän lämpöaallon syyksi. Keitä kaikkia siellä bileissä mahtaa olla? Voi hyvänen aika. Hän saa tavata Karon kavereita. Voi ei... Mitäköhän Karo on kertonut Alexista etukäteen heille? Alexillehan Karo ei ole koskaan esitellyt kavereitaan, eikä paljon puhunutkaan heistä.

Ovisummeri. Bling-bling. Kestää hetken ja sitten ovi avautuu nopeasti ja hymyilevä, liehuvatukkainen Karo ilmestyy ovesta. Hänellä on rento lyhythihainen keltainen t-paita ja vihreät kangashousut. Taustalta kuuluu jumputtavan tanssittavaa jammailumusaa.

– Tervetuloa, Alex! Olet ekana paikalla! kehaisee Karo, rutistaa Alexia oikein kunnolla ja vinkkaa Alexin sisään.

Alex istahtaa eteisen matka-arkulle ja ottaa tennarit pois jaloistaan. Hänellä on päällään valkoinen lyhythihainen t-paita ja punaiset housut.

– Mullakin on vihreät housut, mutta tänään päätin ottaa bilehousuiksi punaiset.

– Ei olisi haitannut ollenkaan, vaikka olisit laittanut ne vihreät, Karo naurahtaa ja jatkaa: – Mun luona ei ole pukukoodia.

Kundit siirtyvät olohuoneen puolelle.

– Keitä kaikkia tänne on oikein tänään tulossa? Alex kysyy uteliaana.

– Se on yllätys, aloittaa Karo ja korjaa saman tien. – No tänne on tulossa eräät Harri ja Heikki. Veljekset, joista Harri on homo ihan päästä varpaisiin melkein lastentarhasta ja Heikki taas on biseksuaalisuutensa löytänyt joskus teininä. Mutta älä huoli, molemmat on yli 40-

vuotiaita, vinksauttaa Karo. – Sitten tänne on tulossa suomalais-italialainen Luca ja vielä Jesper ja Petteri. Siinä koko illan tuleva kaarti.

– No hohhoijaa... Kaikki siis homoja?

– Kyllä vain, Alex. Tervetuloa homobileisiin. Varmaan loppuillasta sä voit whatsappata jollekin sun kavereista vaikkapa näin:

Mä oon gay-bileissä in my ass, oikeessa kunnon heterohelvetissä!

Alex istahtaa keskellä olohuonetta olevalle punaiselle sohvalle ja huomaa taas hikoilevansa jännityksestä.

– Heeeiii, ota nyt ihan rennosti vain, Alex. Ei tässä mitään jännittää tarvitse, kannustaa Karo.

– Sähän tiedät, että mua jännittää uusien ihmisten yllättävät tapaamiset ihan mielettömästi.

– Juuri sitä varten on tällaiset yksityisbileet, että sä pystyt rentoutumaan.

Ovisummeri. Bling-bling.

Karo rientää painamaan vastasummeria ja hetken päästä eteisestä kuuluu:

– Luca! Buona sera, bello!

Tumma ja komea nuorimies ilmestyy Karon seurassa olohuoneeseen. Lucalla on miehekkään oloisen vartalon peittona Armanin valkoinen t-paita, mutta hänen kasvonsa ovat hyvinkin poikamaiset. Alex nousee tervehtimään.

– Buona sera! Anteeksi, mutta mä en osaa italiaa kuin muutamat fraasit.

– Ei haittaa mitään, sanoo Luca ihan selvällä suomen kielellä. – Mun isä on italialainen ja äiti suomalainen. Isäkin on jo yli 40 vuotta opetellut äidin avustuksella suomea. Lucan käden puristus tuntuu mukavalta. Hän heittää olkalaukkunsa sohvan viereen lattialle ja istahtaa myöskin sohvalle. Alex huomaa Lucan tuoksun ja nuuhkaisee hieman ilmaa ympärillään.

– Paco Rabanne 1 Million.

– Erikoinen, mutta sopii sun habitukseen.

– Kiitos. Sullakin on jotain tuoksua...

– Tää on Bleu de Chanel Parfum, sanoo Alex.

– Mm-m. Tunnistan. Mä oon joskus ollut laivoilla parfymeriassa ekstraajana. Siinä duunissa kyllä oppii tunnistamaan tuoksut.

Luca ja Alex jatkavat toisiinsa tutustumista sohvalla ja Karo hääräilee keittonurkkauksessaan järjestellessään vielä pienet suolaiset ja makeat suupalat tarjottimille. Sitten onkin aika asettaa ne esille keittonurkkauksen saarekkeen päälle.

– Onkos teillä siellä kaikki hyvin? Karo hihkaisee Lucalle ja Alexille.

– On kyllä. Ihan hyvin, vastaavat molemmat yhdestä suusta.

Karon kännykkä piippaa. Se on WhatsApp-viesti Petteriltä:

Sori Karo, mulla kestää vielä täällä
duunissa. Tulen kun ehdin. Aloittakaa te
vain.

– Äh, Petteri joutuu vielä olemaan töissä. Tulee kun ehtii, Karo ilmoittaa.

– Mä en edes tunne Karon kavereita. En mä tiedä kuka Petteri... aloittaa Alex.

– No en mäkään Petteriä tunne, sanoo Luca. – Varmaan kerran pikaisesti nähnyt. Hän on tietokonenörtti. Näissä Karon bileissä aina tutustuu porukkaan. Usko pois vaan, teistä voi tulla vaikka hyvätkin frendit.

– No sulla on takuulla kavereita, ehdottaa Alex.

– Äh, jonkun verran, mutta mun kaverit on Roomassa. Eivätkä kaikki ole italialaisia, vaan suomalaisia, jotka duunin tai jonkin muun asian takia ovat muuttaneet Italiaan.

– Rooma on kaunis ikuinen kaupunki.

– Benvenuto milloin vain. Mä voin majoittaa, vinkkaa Luca ja iskee silmää. Sitten Luca asettaa kätensä pikaisesti Alexin reidelle ja antaa sille kevyen puristuksen.

Alex hymähtää hieman ujosti ja hieraisee Lucan reittä kevyesti. Ovisummeri soi ja hetken päästä sisään olohuoneeseen astuu kolme kundia. He esittäytyvät Alexille: Harri, Heikki ja Jesper.

Harri on vaalea viikinki kulmikkaine silmälaseineen, Heikki aavistuksen Harria tummempi ja hänellä on pyöreät silmälasit. Veljekset kuin ilvekset -sanonta pätee silti näihin kahteen ihan nappiin. Jesper on sähäkkä punatukkainen jalkapalloilijakundi, joka kyllä erottuu massasta, jos massan mukana sattuu liikkumaan. Jesper tosin on niin kaukana kaikesta tavallisesta, että hänestä yksinkertaisesti joko pitää heti kättelyssä tai sitten ei. Samaa sanottiin aikoinaan eräässä mallitoimistossa, kun Jesper ajatteli käydä kokeilemassa siipiään mallimarkkinoilla. Voisi sanoa jopa, että vähän niin kuin Karo.

Karo on ottanut olohuoneeseen läppätuoleja, jotta kaikki vieraat mahtuvat istumaan jonnekin, kun tilaa hänen olohuoneessaan ei kuitenkaan liiemmälti ole.

On samppanjan aika. Karo poksauttaa pullon varovasti tiskialtaan yllä ja kaataa sitten kaikille laseihin kuplajuomaa.

– SILLE! Karo hihkaisee ja kulauttaa lasillisensa kurkkuun melkein yhdellä siemauksella. Ja huomaa samalla, että ei. Hän ei tällä kertaa voi kaadella kurkkuunsa juotavaa samalla tahdilla kuin joskus aikaisemmin.

Luca ja Jesper ovat ottaneet läppätuolit alleen ja juttelevat nyt toistensa kanssa. Harri ja Heikki ovat valloittaneet sohvan Alexin molemmin puolin. Hän saa kuulla, että Harri on veljeksistä se homompi ja Heikki taas enemmän bisse.

– Kyllä vain Alex, me runkkailtiin Heikin kanssa ekan kerran varmaan joskus 13-vuotiaina. Meillä oli yhteinen poikien huone. Olihan se kiva kun oli joku toinen kenen kanssa runkkailla, kun siihen aikaan painetta kertyi jatkuvasti.

– Tämä on nyt ihan törkeetä, aloittaa Alex.

– Ssshhh... Mikään ei ole törkeetä. Ainakaan Karon bileissä, kuiskaa Heikki.

– Mulla on joskus ollut sellainen runkkailufantasia, että mä otan veljeksiltä suihin, Alex kertoo ja punastuu hieman.

– Kokeiltu on ja hyväksi havaittu, huikkaa Harri heti perään.

– Hyvät frendit hei, Karo puuttuu peliin. – Makuuhuonekin on käytössä.

Niinpä Harri, Heikki ja Alex siirtyvät Karon makuuhuoneeseen. Sänky on nyt verhottuna punaisella lakanalla. Lakanan päällä lojuu monihaarainen ruoska, kahdet käsiraudat, jotkin nahkaiset kahleet, liukuvoidepurkki sekä kondomeja.

– Katsos Karon tilpehöörejä, hihkaisee Heikki.

– Karo se osaa viuhuttaa ruoskaa, sanoo Harri.

– Ihanko totta? ihmettelee Alex.

– Karo on seksissä aika dominoiva kaveri. Mä tiedän yhden tyypin, jonka hän on antanut nussia itseään, kertoo Harri.

– Ai? Alex nostaa kulmiaan.

– Minä.

– Sinä? utelee Alex lisää.

– Mä olen top ja vain top.

– Mä olen bottom-kaveri, joka tykkää olla polvillaan, tunnustaa Alex.

– Kiinnostaisiko sua tosiaan ottaa multa ja Harrilta suihin? kysyy Heikki.

Alex ei vastaa, vaan polvistuu lattialle ja alkaa hilaamaan t-paitaansa pois päältään.

– Otatko silmälasit pois? kysyy Heikki.

– Ei kun mä haluan leikkiä nörttiä, joka saa munaa, sanoo Alex hieman matalammalla äänellä kuin tavallisesti.

Harri ja Heikki asettuvat hieman hajareisin Alexin viereen ja antavat housujen etumuksensa Alexin naamalle. Hän aloittaa hieromaan Harrin ja Heikin etumuksia. Kevyet kesähousut ovat hyvin läpitunkevia, eikä siihen tarvita montaakaan minuuttia kun molemmilla kundeilla on täydelliset seisokit housuissaan. Alexin tehtäväksi jääkin avata housujen vetoketjut ja vetää housut nilkkoihin. Molempien kundien housujen alta paljastuvat Emporio Armanin alushousut. Veljet kuin ilvekset, mutta ei ihan. Harrilla on mustat

Armanin alushousut ja Heikillä valkoiset. Alushousujen läpi kuultavat seisokissa olevien kyrpien voimakkaat muodot. Harrin kyrpä on pitkä ja kapea ja terskan pää näkyy jo alushousujen vyötärön yli. Heikin kyrpä taas on muodoltaan paksumpi, mutta lyhyempi kuin Harrin. Alex hyväilee molempien kundien kyrpiä alushousujen läpi vuorotellen suullaan ja käsillään. Heikin suusta karkaa ensimmäisenä voihkaisu. Hyvän aikaa kiihotettuaan Harria ja Heikkiä suullaan ja käsillään, Alex päättää että on aika toimia ja hän valuttaa ensin Heikin ja sitten Harrin alushousut nilkkoihin. Esiin pullahtavat hyvässä seisokissa olevat kyrvät ja ihanan kiimainen haju, joka sekoittuu kuuman päivän hikeen. Alex tuntee takaraivossaan jonkun käden, joka työntää hänen päätään kyrpiä vasten. Hän maistelee ensin vuorotellen Harria ja Heikkiä. Sitten hän aloittaa rauhallisen imemisen vaihdellen sujuvasti veljekseltä toiselle. Alexista tuntuu vain niin ihanalta, kun vihdoinkin hän saa toteuttaa fantasiansa veljeksistä itsensä kanssa, mutta havahtuu yhtäkkiä, että käsi joka hänen päätään oli ohjaillut onkin Karon.

– Ime niitä kyrpiä! kannustaa Karo.

Ja kiimaisen kundin innolla Alex niitä kyrpiä myös imeekin. Hoidellessaan Harria ja Heikkiä Alex on itse availlut housujensa vetoketjun ja kaivanut oman kyrpänsä esiin. Ihmeellisesti on Alexin kyrpä alkanut valuttaa kiimalimaa. Se on hänelle uutta, sillä yleensä häneltä erittyy kiimalimaa vasta paloruiskuvaiheessa. Karo suutelee ensin Alexia, sitten Harria ja Heikkiä ja poistuu makuuhuoneesta.

Luca ja Jesper ovat ottaneet rajun 69-asennon Karon punaisella sohvalla. Näky kiihottaa Karoa ja hän käy vähän käpälöimässä molempia kundeja. Luca on tällä kertaa tarjoamassa persettään ja ehdottaa Jesperille, että Karokin voisi nussia häntä. Karo suostuu ja kaivaa pöydältä kondomipaketin ja nostaa lattialta pöydälle liukuvoidepurkin. Lucalla ja Jesperillä tuntuu synkkaavan mainiosti.

Kolmen kimppa muuttuu nussimismaratoniksi, jossa on vielä 300 metriä jäljellä.

Makuuhuoneessa Harri on jo saanut orgasmin ja ruiskinut spermoillaan Alexin rinnukset ja naaman limaiseksi. Heikillä kestää kuitenkin vielä.

– Harri on meistä se minuuttimies, sanoo Heikki ja alkaa työntelemään ahkerammin kyrpäänsä Alexin suuhun.

Alexin oma orgasmi on jo lähestymässä. Harri ja Heikki huomaavat Alexin orgasmin ja nostavat hänet seisomaan. Heikki läimäyttää Alexin pakaroita muutaman kerran ja kuiskaa päättäväisesti:

– Anna palaa! Me halutaan nähdä, kun sä laukeat.

Harri työntää kielensä Alexin suuhun. Tämä kaikki alkaa olla jo riittävästi. Nyt hän tunteekin sen tunteen, kun ei enää voi palata ja on vain pakko nauttia tunteesta. Niin tulvahtaa lattialle Alexin valkea kermainen spermaryöppy. Tämä kiihottaa Heikkiä, joka runkkaa nyt vain hieromalla ahnain, pyörivin liikkein terskaansa.

Alex kysyy Heikiltä kutsuvasti:

– Saanko mä? Heikki nyökkää kiimassaan ja Alex tarttuu Heikin paksuun kyrpään ja jatkaa sen terskan hieromista.

– Uuuh, tää on vittu ihanan paksu mulkku.

Heikin laukeaminen on äänekkäämpi kuin Harrin, mutta Heikin lasti ei tällä kertaa ole kovin kermaista.

Makuuhuoneen kolmen kimppa suutelee session päätteeksi ja olohuoneen kimpassa ollaan jo saavutettu huippukohdat ja edessä on pieni siistiytymisoperaatio.

Bling-bling. Ovisummeri soi. Valkoiseen kylpytakkiin pukeutunut Karo menee avaamaan.

– Petteri! Voi ihanaa, kun sä ehdit vihdoinkin.

– Sori, mulla vaan kesti töissä. Ihan ihme probleemit meillä järjestelmissä taas kerran. Mutta onneksi saatiin kuntoon, kuuluu Petterin ääni.

Ääni tuntuu Alexista jollain tavalla tutulta. Alex, Harri ja Heikki siistiytyvät hiukan makuuhuoneessa. Onneksi Karo on myös huomioinut tämän jättämällä pyyheliinoja esille.

Alex saapuu olohuoneeseen puettuaan päälleen alushousunsa. Hänen edessään seisoo häntä hiukan lyhyempi siilitukkainen, suurilinssisiin nörttilaseihin sonnustautunut kundi.

– Alex... Petteri huokaisee.

– Petteri, vastaa Alex hämmästyneenä.

Tuntuu kuin Karon bileiden aluksi päälle laittama taustamusiikkikin olisi loppunut. Tulee hiljaista, kaikki ovat mykkiä. Alex ja Petteri tuijottavat toisiaan. Tämä ei voi olla totta. PETTERI! ALEX!

– Se olet siis sinä?! huudahtaa Petteri.

Yhtäkkiä aika on pysähtynyt. Vuoden 2019 heinäkuu on muuttunut vuoden 2000 heinäkuuksi. EI. EI. EI. Ei voi olla totta!

Petteri kääntyy Karon suuntaan:

– Karo! Tästä ei tule mitään.

Unohda koko juttu. Mä lähden kotiin.

Petteri kääntyy eteisen suuntaan ja poistuu vaudilla ulos.

– Hei, ethän sä nyt jo voi lähteä, Petteri. Vastahan sä tulit! Karo huutaa Petterin perään.

– Musta tuntuu, että nää bileet loppuu meikäläisenkin osalta tähän.

Alex kerää vaatteensa ja pukee.

– Siis mitä täällä oikein tapahtuu? Karo kysyy vaativasti.

Harri, Heikki, Jesper ja Luca seuraavat tapahtumia kuin draamaa teatterin näyttämöllä.

9.

Alex ja Petteri istuvat Petterin autossa kuumana heinäkuun päivänä. He ovat matkalla etsimään rauhallista paikkaa. Oikeastaan koko päivän on oltu etsimässä rauhallista paikkaa. Päivän tarkoituksena on, että Alex saa kokea miltä toisen kundin läheisyys tuntuu.

Muutamia päiviä aikaisemmin Petteri on saanut kokea oman ensimmäisen kundikokemuksensa. Se ei ollut mikään täydellinen eka kerta, mutta ei sen tarvinnutkaan olla. Riitti kun pääsi kokemaan ja kokeilemaan jotain. Petteri kiusoittelee Alexia pitämällä kättään tämän reidellä ja hieroen sitä varovasti ja välillä vähän rohkeamminkin. Petteri kertoo oppineensa tämän leikin Artolta, joka oli se hänen ensimmäinen kundikokemuksensa. Myös Alex hieroo ja hyväilee Petterin reittä ja puristelee sitä kevyesti, mutta kiihottavasti. Alexille tuo tuntuu unelta, joka ei ole totta. Vai onko? Ei. Se ei ole unta. Se on totta. Hän istuu kundin vieressä autossa ja kundi haluaa hyväillä hänen reisiään. Tuntuu mahtavalta, kun hänen vieressään on kaveri, jota ystäväksikin voi sanoa. Hän on luotettava ja ymmärtävä. Hänen seurassaan Alex uskaltaa vihdoin olla oma itsensä. Aivan kuin maailma olisi voitettu.

Rauhallinen paikka löytyy. Petteri parkkeeraa autonsa merenrannan tuntumaan.

– No niin Alex, nyt olemme perillä.

Kundit nousevat autosta. Melkein Petterin auton vierestä lähtevät matalat rantakalliot kohti merta. Kalliot ovat epätasaisia, mutta upeannäköisiä merta vasten. Koko päivän on ollut vaihtelevasti puolipilvistä ja välillä muutama auringonpilkahduskin on näkynyt. Meri lainehtii rauhallisesti kuin seuraten Alexin ja Petterin kulkua kallioilla. Raskaita harmaita pilviä on kuitenkin nousemassa mereltä päin ja ne liikkuvat nopeasti kohti manteretta. Ilma on samanaikaisesti lämmin ja kostea. Tuntuu kuin vettä voisi alkaa satamaan vaikka samalla hetkellä. Tunnelma merellä on näennäisesti rauhallinen, mutta odottava. Aivan kuten on tunnelma myös kundien mielissä.

Alex kulkee edellä, Petteri muutaman askeleen perässä. Yhtäkkiä Alex tuntee Petterin käden tarttuvan omaansa. Se on pehmeä ja lämmin.

"Anna käsi niin mä kanssas' kuljen..." hyräilee Alex leikillisesti Kirkan iskelmän tahtiin.

Kundit kävelevät vielä muutaman askeleen, kunnes Petteri irrottaa Alexin kädestä ja kävelee eteenpäin vielä muutaman askeleen. Hän kääntyy Alexiin päin ja vakavoituu.

– Nyt sä saat tehdä ihan mitä sä haluat, Alex!

Ja niin Alex tekeekin. Hän tuijottaa hetken Petterin vakavoituneita kasvoja ja sitten...

Yksi, kaksi, kolme askelta ja hän on ottanut Petterin suuren halauksen sisään.

Alex on ottanut Petterin syleilyynsä. Alexin syleily on hiukan kömpelö, mutta luja. Eihän hänellä ole aikaisempaa kokemusta toisen kundin läheisyydestä. Petteri antaa takaisin hieman hieman lisää puristusta.

Alexin mielessä vilisee miljoona ja yksi eri asiaa. Koko siihen asti eletty elämä. Hetken hän unohtaa olevansa kallioilla merenrannalla toisen kundin kanssa. Tuntuu vain niin ihanalta. Petteri tuntuu turvalliselta ja sellaiselta, joka vastaa Alexin syleilyyn.

Jonkin ajan kuluttua Petteri löysää otettaan ja hymähtää hieman Alexin korvaan. Alex irrottautuu Petteristä ja katsoo tätä suoraan silmiin. Petterin siniset silmät ovat lempeät. Kuin ne sanoisivat: "Nyt sä olet saanut kokea jotain, mistä sä olet aikaisemmin vain unelmoinut."

Alex syleilee Petteriä uudelleen rohkeammin. Petteri tuntuu hyvältä, tuoksuu miehekkäältä. Eikä hänen tee ollenkaan mieli päästää irti Petteristä. Mutta sitten hän hellittää otettaan kuitenkin ja katselee Petteriä suoraan silmiin. Hänen turvallinen kaverinsa, ystävänsä. Alex rutistaa Petteriä vielä kerran oikein kunnolla. Sitten hän hellittää otteensa Pette-

ristä ja katsoo häntä suoraan kasvoihin.
Nyt. Nyt tai ei koskaan. Hän painaa huulensa Petterin huulille. Silloin leiskahtaa
jostain. Ei se ole meri. Meri ei leisku. Raskaat harmaat pilvet ovat nousseet nyt
Alexin ja Petterin yläpuolelle. Kuin salamanisku Petteri riuhtaisee itsensä rajusti
irti.

— Noh, noh, noh, noh!

Alex säpsähtää, että oliko hän tekemässä jotain väärin. Hän yrittää ottaa
Petteriä kädestä, mutta Petteri riuhtoo itsensä irti Alexin otteesta.

— EI, MÄ EN VOI KUVITELLAKAAN MEISTÄ MITÄÄN SELLAISTA!
huutaa Petteri.

Hän lähtee kävelemään kohti autoaan. Alex jää typertyneenä seisomaan paikalleen ja katsoo Petterin kulkua. Sitten
hän katselee ympärilleen ja huomaa, että
raskaat harmaat pilvet ovat pimentäneet
auringon. Mereltä nousee sumua. On epätodellinen sää. Sitten pilvien liikkuessa
eteenpäin yksittäiset auringonsäteet pilkistävät pilviverhon ja sumun keskellä.

– Tule   Alex, mennään! Petteri
huutaa autoltaan.

10.

Kaivopuiston rannassa puistonpenkillä istuvat Alex ja Karo juomassa kahvia. Hetkistä aikaisemmin Karo on saanut Alexilta kuulla kertomuksen siitä mitä Alexin ja Petterin välillä tapahtui eräänä heinäkuisena tiistaina vuonna 2000.

Karo siemailee vahvaa mustaa kahviaan pahvimukista ja tuijottaa jonnekin kaukaisuuteen mustien aurinkolasiensa suojasta. Alex on laskenut oman pahvisen kahvimukinsa viereensä penkille ja tuijottaa myöskin jonnekin kauas ruskeiden aurinkolasiensa suojasta.

– Siitä tiistaistako lähtien sulla ja Petterillä on ollut välirikko? Karo kysyy vihdoin.

Ensin Alex vain jatkaa tuijottamistaan jonnekin, mutta pudistaa sitten päätään. Vähän ajan kuluttua hän kertoo siitä millaista oli ollut kasvaa homona, jonka kuitenkin on pitänyt pitää asia omana tietonaan. Hänellä on aina ollut unelma. Salainen unelma, että löytyisi sellainen mukava ja samanhenkinen kaveri, jonka kanssa voisi silloin tällöin tapailla ja tutustua seksuaalisuuteensa. Tehdä ja kokeilla kaikkea jännää ja kivaa mitä vain kaksi kundia voi toisilleen tehdä. Ottaa selvää mikä tuntuu miltäkin.

Eräänä syksynkauniina päivänä joskus vuonna 1998 hän törmää netissä hankolaiseen Petteriin eräässä teatteri- ja oopperaryhmässä. Petteri on aivan fanaattinen teatteri- ja oopperafani aivan kuten Alexikin. He alkavat kirjoitella sähköposteja ja vaihtaa ajatuksia teatteriesityksistä. Petteri kertoo, ettei hänestä olisi näyttelijäksi, sillä hän on niin ujo. Alex puolestaan on joskus jopa tilannut teatterikorkeakoulun hakupaperit.

Aika kuluu ja kundit huomaavat, että heillä synkkaa aika hyvin ja alkavat keskustella muustakin kuin viimeisimmistä teatterissa käynneistään. Oikeastaan ainoa asia mistä ei puhuta on tytöt ja seksuaalisuuteen liittyvät jutut. Jostain tulee ehdotus, että olisi mukavaa mennä joku kerta yhdessä teatteriin tai oopperaan.

Kansallisoopperan Carmen valikoituu kevään monenkirjavasta ohjelmistosta ja kundit tapaavat toisensa huhtikuussa 2000 Kansallisoopperassa upean Carmenin lumoissa. Viipyileviä katseita kundien välillä sekä toisella parvella että lämpiössä väliajalla ja vielä illan päätteeksi ennen kuin Petteri matkaa Hankoon vanhempiensa mukana autolla ja Alex illan viimeisellä junalla Turkuun.

Kuukauden kuluttua tästä Alexin tultua kotiin kevään viimeisestä kauppaoikeuden tentistä hän löytää sähköpostistaan Petteriltä tulleen viestin, jossa hän kertoo olevansa homoseksuaali ja kysyy mitä mieltä Alex on tästä. Vielä pitkän kilometrivuodatuksen päätteeksi hän toivoo, että he kaikesta huolimatta voisivat olla ystäviä. Mutta jos tämä ei enää onnistu, niin Alexin olisi hyvä sanoa se.

Menee vuorokausi, niin myös Alex tunnustaa Petterille homoutensa. Petterille se on helpotus, sillä Alex on ensimmäinen ihminen koko maailmassa, jolle hän on kertonut sen. Petteri on myös Alexille ensimmäinen ihminen, joka ei ole enää vain nettituttu, joka tietää puolestaan hänen salaisuutensa.

Tulee se kesä vuonna 2000. Alexin tunteet kulkevat vuoristorataa. Petteri tapaa hänet Hangossa ja he viettävät mukavan kesäpäivän. Kiertelevät kaupunkia, käyvät pitsalla ja kiertelevät taas kaupunkia. Petterillä on auto, niin on helppo mennä paikasta toiseen. He käyvät merenrannalla ja ...

– No siinähän se oli, tiuskaisee Alex.

Karo on hiljaa ja nousee penkiltä. Hän kävelee vähän matkaa ja viskaa tyhjän kahvimukinsa läheiseen roskikseen. Hän katsoo merelle. On heinäkuinen kesäpäivä parhaimmillaan, mutta hän on juuri kuullut herkän kertomuksen Alexin menneisyydestä. Hän tuntee palan kurkussaan. Yhtäkkiä hän aavistaa Alexin seisovan hänen takanaan.

– Tosi kurjaa, jos sulla ja Petterillä kävi noin, Karo aloittaa. – Mutta hei, siitä on jo 19 vuotta. Melkein kaksi vuosikymmentä.

– Petteri oli mulle se ensimmäinen ihminen, jolle mä kerroin homoudestani, ensimmäinen kundi, jota mä sain halata ja... ensimmäinen kundi, jota mä suutelin. Vaikka en sitten saanutkaan suudella.

Alex on hiljaa hetken.

– Monesti mä olen miettinyt, että jos hän ei olisi ikimaailmassa lähettänyt sitä sähköpostia mulle. Olisi mieluummin kertonut jollekin toiselle.

– No hän koki sinut sellaisena luotettavana ystävänä, jolle on helppo kertoa asioita. – Ja se pitää paikkansa, täydentää Karo.

– Sitä se juuri onkin! Mulle on helppoa kertoa asioita! Alex imitoi ivallisesti. – Alexille on helppo puhua! PUHUA! Niin vittu, PUHUA! Ei ole kuule ensimmäinen kerta, kun mulle sanotaan noin, että mulle on helppo puhua. Käsittääköhän kukaan, että mä en aina halua puhua, vaan toimia?!

Alex on taas hiljaa hetken ja siirtyy Karon rinnalle ja he molemmat katsovat suoraan merelle.

Alex rauhoittuu ja kertoo sitten miten se loppukesä 2000 meni.

Petteri rupesi välttelemään Alexia, eikä ainakaan missään tapauksessa halunnut tavata häntä. Alex pyysi ja pyysi, että he tapaisivat, mutta Petteri kirjoitti sähköpostissa tiukkaan sävyyn, että mieluummin jutellaan vain netissä. Sen kesän aikana Alexilla meni pitkään sulatellessaan kaikkea hänelle tapahtunutta. Hän yritti viesteissä ehdotella Petterille kaikenlaista, mutta Petteri torjui Alexin täysin. Samalla hän sai kuitenkin kuulla Petterin uusista seikkailuista erilaisten kundien kanssa, joita hän oli löytänyt netistä. Oli niitäkin, jotka eivät koskaan vaivautuneet tapaamispaikalle, mutta oli myös niitä jotka Petteri oikeasti tapasi. Seksiä tapahtui muodossa tai toisessa, mutta periaatteena oli se, että ei ainakaan Alexin kanssa. Ei missään tapauksessa.

Loppujen lopuksi välit katkesivat, kun Alex vielä yritti ehdottaa tapaamista myöhemmin samana syksynä.

Alex on pitkään hiljaa vuodatuksensa jälkeen ja niin on Karokin. Karo huomaa yhtäkkiä miten hänen silmänsä on kostunut. Hän niiskahtaa.

– Heeeiii, Karoo! Itketkö sä tätä? kysyy Alex.

– Kieltämättä tämä oli aika tunteellinen kertomus, Alex. – Ensinnäkin ikävää, että sun ensimmäinen homokohtaaminen oli sitten tuollainen, aloittaa Karo.

– Kuule kyllä noita samanlaisia kohtaamisia on ollut useita. Ihan kuin joku jossain olisi jo valmiiksi päättänyt, että Alexiin ei tutustuta eikä varsinkaan hänen kanssaan sekstailla, Alex tuhahtaa.

– Tuskinpa nyt asia on noin. Tokihan tietty joku on voinut kertoa kavereilleen ilkeämielisesti, että sinuun ei muka kannata tutustua, mutta kyllä mä nyt ymmärtäisin, että kaikki kuitenkin tekevät omat ratkaisunsa kehen tutustuvat, arvioi

Karo. – Taidat olla oikeassa siinä, että kunpa Petteri ei olisi koskaan lähettänyt-kään sitä sähköpostia. Tai eihän sitä tiedä. On aika vaikeaa mennä niin kauas taakse ajassa, mitä silloin oikein oli ja mitä ei ol-lut.

– Niin kai se on, toteaa Alex. – 19 vuotta on pitkä aika. Voisi melkein laulaa Gaudeamus igituria laudaturin homoyli-oppilaalle.

Karo rämähtää nauramaan itkunsa lauhduttua.

– Tosielämä on tarua ihmeellisem-pää. Mä tiedän, että tämä ei nyt kauheasti lohduta, mutta olenhan mä nyt ainakin yrittänyt järjestää sulle ohjelmaa, sanoo Karo merkitsevästi.

Nyt vuorostaan nauraa Alex. – Sä oot upea tyyppi, Karo! Friends forever tai jotain!

– Älä nyt vielä sano. Voithan sä vielä pettyä muhunkin.

– Pikemminkin sun kaverit pettyi-vät muhun, kun mä karkasin sieltä bileis-tä. Mitäköhän se Luca ja Jesper... ja ne veljekset...

– Harri ja Heikki.

– Niin, Harri ja Heikki. Mitäköhän ne kaikki oikein ajattelevat musta nyt?

Karo virnistää Alexille: – Haluavat tavata sut uudelleen joko yhdessä tai erikseen.

– Siis OIKEASTI? ihmettelee Alex.

– Kyllä vain. Harrin ja Heikin mielestä sä oot tosi taitava käyttämään suuta ja kieltä. Luca haluaisi uusintaottelun sen peruutetun ekan matsin takia. Jesper taas... Jesse vois näyttää sulle vähän futiskamojaan. Sähän olit ainakin silloin aikoinaan kiinnostunut futareista, vai muistanko väärin?

– Pelasinhan mä itsekin lapsena ja nuorena, mutta se sitten jäi, kun itse peli ei kiinnostanut, mutta futiskamat ja futarit sitäkin enemmän, innostuu Alex. – Futarit on niin sporttisia.

– Ovathan ne futarit sporttisia, mutta pitää muistaa etteivät ne kaikki ole homoja ja kiinnostuneita futiskamoista. Jesse on kyllä homo ja futiskamatkin kiinnostavat. Mutta jollain tavalla hänkin on piilossa vaikka on esillä. Se on kuitenkin eri Jesper pelikentällä kuin mitä kotona.

– Niin, huokaa Alex. – Olenhan mäkin eri ihminen asianajotoimistossa ja tässä ja nyt sun vieressä. Työminä ja arkiminä.

Karon kännykkä piippaa.

– No voi hitto.

– Mikä nyt? Alex kysyy.

– Mun pitää nyt valitettavasti mennä. Työjuttuja.

– Okei.

– Tekstaillaan ja nähdään, Alex!

Karo nostaa kuulokkeet korvilleen ja lähtee. Alex jää Kaivopuiston rannalle katsomaan merta. Myös hän nostaa kuulokkeet korvilleen. Adelen herkkä biisi Million Years Ago alkaa suodattua Spotifyn kautta kuulokkeista. Hän vuodatti aika paljon elämäänsä Karolle. Olikohan se ihan viisasta? Mitä se Petterikin nyt ajattelee? Varsinkin jos Karo kertoo Petterille kaiken mitä hän itse juuri vuodatti Karolle hänestä ja Petteristä. Voi mikä soppa! Nyt on kuuma hellepäivä ja Alexin keltainen lyhythihainen t-paita on kostea hiestä.

11.

Jesper viestittää WhatsAppissa iltapäivätreenien jälkeen Karolle, että haluaisi saada Alexin puhelinnumeron tai vaihtoehtoisesti Karo voisi antaa hänen numeronsa Alexille. Miten vain.

Alex:

Moi Jesper! Sain numerosi Karolta. Kiinnostaisko tavata? -Alex-

Jesper:

Moi Alex! Ehdottomasti haluan tavata sut. Sopiiko tänään?

Alex:

Sopii. Mä oon lomalla.

Jesper:

Klo 18 Oopperalla?

Alex:
Näkyy siellä!

Jesper:
Näkyy!

Sähäkän punatukkainen Jesper urheilullisessa mustassa lyhythihaisessa t-paidassaan, polvista risoissa farkuissaan ja Calvin Kleinin mustaharmaissa tennareissaan saapuu Mannerheimintien ja Helsinginkadun risteyksen Kansallisoopperan puoleiseen kulmaan hiukan ennen sovittua tapaamisajankohtaa ja Alex vain silmänräpäyksen hänen jälkeensä. Alexilla on päällään keltainen lyhythihainen t-paita, Lindbergin mustat farkut ja Ted Bakerin mustat valkopohjaiset tennarit. Molemmilla on aurinkolasit. Jesper kohottaa omiaan ojentaessaan kätensä Alexille.

— Jesper. Ollaanhan me jo tavattu siellä Karon bileissä, mutta ei sitten jostain syystä ehditty liiemmälti keskustella.

— Alex. Hän puristaa Jesperin kättä, joka tuntuu hiukan karhealta, mutta mukavalta. Aavistuksen kesäisen kostealta. Mutta ei se haittaa, kun kylvetään tässä tämän kesän helteessä, jolle ei loppua näy.

– Joo, ei ehditty jutella, kun tuli sitten vähän muuta... puuhaa, tirskahtaa Alex.

– Karon bileet nyt vaan on sellaisia. Kaikkea mukavaa sattuu ja tapahtuu.

– Ovatko ne aina tuollaisia seksibileitä?

– Yleensä joo, Jesper katsoo Alexia hieman arvioivasti. – Mutta eipä siinä mitään. Karo on luotettava kaveri ja se mitä tapahtuu bileissä, myös pysyy bileissä. Niissä saa ainakin toteuttaa itseään, mutta pakkohan ei tietenkään ole. On siellä joskus ollut niitä ihan vain katselijoitakin.

– Oikeasti? Siis onhan se ihan kiva vain katsella, mutta kyllä mä tykkään myös tehdä, jos ymmärrät mitä tarkoitan.

Jesper katsoo nyt Alexia ja paljastaa puhtaan Pepsodentista Hollywoodiin -hymynsä. – Enköhän mä ymmärrä, kun mä olen ihan samanmoinen. Joskus pari vuotta sitten kun tutustuin Karoon, niin olin varmaan ensimmäisen kerran ihan vain juomassa kuplajuomaa ja katselemassa mitä muut siellä puuhaavat. Mutta sitten homma alkoi kiinnostamaan, niin siitä se sitten lähti.

– Mä oikeastaan yllätyin, kun sä ilmestyit silloin sinne Karon bileisiin. Aattelin, että hei ei ole totta. Jesper! Meidän futistähti.

– Tähti ja tähti, Jesper toteaa hiukan kuivasti. – Sillä tähteydellä on varjopuolensa.

– Mä muuten aina fantasioin kanssa, että sä olisit homo tai ainakin bisse, innostuu Alex.

– Tietäisit vaan miten hankalaa se on välillä, kun ei ihan niin vain voi olla kuten muut. Onhan se tietty nykyään vähän helpompaa kuin joskus kauan sitten, mutta silti.

– Vaikka mä en ole futistähti, niin kyllä mä tiedän. Mullakin useimmiten sellaista esittämistä ja erilaisten kysymysten välttelyä sukulaisten kesken.

– Suku on pahin sanotaan, Jesper

lainaa vanhaa sanontaa.

– Huh, kyllä täällä on kuuma! Alex tuulettaa t-paitaansa.

– Voidaan mennä mun luo, Jesper ehdottaa.

– Hyvä idea, innostuu Alex.

– Itse asiassa mä asun tässä, Jesper viittilöi Mannerheimintien ja Helsinginkadun risteyksen yli.

– Ihan totta? Mä asun Töölöntorilla. Ihme ettei olla koskaan näillä nurkilla törmätty.

– Meillä on vähän eri aikataulut. Vihreä palaa, mennään! hihkaisee Jesper.

Jesperillä on kiva kompakti kaksio olohuoneella, makuuhuoneella ja keittokomerolla.

– Ja ihan ekaksi Alex, mä oon sitten Jesse eli sano mua Jesseksi.

– Jesse, toistaa Alex. – Mä olen Alexander, mutta ei kukaan sitä oikeastaan käytä. Alex mä olen ollut ihan jostain tarha-ajoista lähtien.

– Mennään olohuoneeseen, ohjaa Jesse.

Jessen kokoelma futiskamoja on koottuna olohuoneen seinänkokoiseen hyllystöön. Jalkapallokenkiä, sukkia, säärisuojia, shortseja ja paitoja. Kengät alahyllyillä, sukat seuraavilla hyllyillä, säärisuojat sukkien vieressä ja shortsit ja paidat ylimmillä hyllyilllä erilaisissa pinoissa. Alex katsoo hyllyillä olevia futiskamoja mielenkiinnolla.

Yhtäkkiä Alex tuntee Jessen käden olkapäällään.

– Eräillä on hyllyissään kirjoja ja toisilla taas futiskamoja, Jesse naurahtaa.

– Mä luen kyllä paljon rentoutuakseni, mutta ne kirjat mä lainaan kirjastosta. Helppoa.

– Mä oon aina ollut kiinnostunut futiksesta ja futareista, aloittaa Alex. – Tai oikeastaan futareista ja futiskamoista, jos totta puhutaan. Ei se peli, vaan ne pelaajat. Äh, Karo on varmaan kertonut sulle jotain...?

– No jotain pientä joo, Jesse sanoo hieroen varovasti Alexin hartioita. – Mutta mukavampi kuulla sulta itseltäsi.

– Kuulostaa varmaan hullulta, kun ei itse peli kiinnosta. Ainakaan enää...

– Ei ollenkaan. Futis on mulle koko elämä ollut lapsuudesta saakka. Se miten sen voi liittää seksuaalisiin juttuihin tuli sitten mukaan myöhemmin, kertoo Jesse.

– Miten niin futis ei kiinnosta enää?

– Mä oon joskus pikkukundina pelannut, mutta lopetin 15-vuotiaana. Tuli vaan kaikenlaista, kertoo Alex.

– Ymmärrän. Istutaan sohvalle ja jutellaan lisää. Otatko juotavaa? Löytyy kahvia, teetä, cokista, appelsiinimehua, viiniä ja siideriä, Jesse listaa keittiön juomapuolen antimia.

– Nyt on niin kuuma, että kylmä cokis olis varmaan jees!

Jonkin ajan kuluttua Jesse on loihtinut keittiössään kylmät Coca Colat isoihin laseihin Alexille ja itselleen.

– Skål!

Jesse ja Alex puhuvat pitkään futareista, futiksesta, futiskamoista ja miten Jessestä tuli huippufutari vanhempiensa kannustama. Miten Jesse aikoinaan tuplasi lukion ensimmäisen vuoden ja vielä reputti kerran ylioppilaskokeissakin. Miltä tuntui ensimmäisen kerran löytää joukkuekaveri pukuhuoneesta runkkaamasta. Miltä tuntui tulla itse yllätetyksi pukuhuoneesta runkkaamasta samalla haistellen joukkuekaverin pelisukkia. Miten voi sekä ihastua että vihastua joukkuekaveriinsa.

Alex puolestaan kertoo miten hän innostui futareista ja futiskamoista. Se oli oikeastaan ainoa asia mikä hänelle oman pelaamisen jälkeen jäi futiksesta. Taisi olla jalkapallon EM-kisat 1992 Ruotsissa. Alexilla on edelleekin tallella kaikki hänen silloisista lehdistään löytämänsä lehtiartikkelit ja aikakauslehtien erilaisia futisliitteitä. Niitä on edelleenkin hänellä aika monta kenkälaatikollista. Pelaaminen tosin loppui kuin seinään, kun Alex huomasi että se kaikki muu kiinnostaa paitsi itse peli. Oli pakko vain hypätä siitä pois.

Ilta etenee ja kundit eivät huomaa ajan kulumista. Mutta ei se haittaa. Jesperillä on vapaailta ja seuraavat pari päivää lepoa. Alexin kesäloma on vasta toisessa viikossaan ja vielä on pari viikkoa jäljellä.

– Saisinko mä kokeilla sun futisasuja päälle? kysyy Alex kerättyään rohkeutta koko alkuillan.

Tulee hetken hiljaista.

– Mä jo ajattelin, että sä et edes kysyisi, Jesse nauraa.

Jesse löytää Alexille futispaidan, sukat, säärisuojat ja shortsit. Jesse on suurin piirtein samanpituinen Alexin kanssa, joten vaatteet sopivat Alexille ihan hyvin.

– Come on! Jätkähän on ihan futari! Jesse julistaa suureen ääneen.

– Sun vuoro, Jesse. Mä haluun, että sä pukeudut kanssa! innostaa Alex.

Jessellä ei mene kauaakaan kun hän tottuneesti pukee futisvaatteet päälleen.

– No niin, aloittaa Alex. – Kyllähän tässä nyt näkee, kuka on futari ja kuka ei. Mulla ei ole futarin vartaloa.

– No jaa. Onkohan sellaista futarin

vartaloa olemassakaan. Kyllä meidänkin joukkueessa on monenlaisia vartaloita kundeilla, Jesse kertoo.

Lopulta Alex ei enää jaksa odotella vaan lähestyy Jesseä ja halaa häntä. Jesse yllättyy, mutta mukautuu tilanteeseen heti ja halaa Alexia takaisin. He tunnustelevat toistensa vartaloita paidan ja shortsien läpi. Vähitellen Alex liikkuu alaspäin Jessen vartalolla ja on seuraavaksi hyväilemässä hänen sääriään. Jessen suusta karkaa voihkaisu. Alexin kysymykseen tuntuuko hyvältä Jesse vain ynisee jotain huuliensa välistä. Sitten Alex nousee ylös ja kuiskaa Jessen korvaan: – Onko sulla sun käytettyjä futissukkia jäljellä?

– Vai sellaista leikkiä sä haluisit, sanoo Jesse kääntyen kylpyhuoneen suuntaan. – Ehkä mulla tuolla pyykkikorissa on jotain mikä voisi kiinnostaa sua.

Jesse palaa olohuoneeseen hetken kuluttua mukanaan kahdet eri parit futissukkia; toiset punaiset ja toiset keltaiset.

– Tässä, hän ojentaa molemmat sukkaparit Alexille käteen.

Alex istahtaa sohvalle ja painaa sukat nenälleen.

– Juuri noin. Hyvä. Nuuhki oikein kunnolla niitä.

Haistaessaan Jessen futissukkia hän tuntee sieraimissaan voimakkaan parmesania muistuttavan hajun ja säpsähtää sitä hieman.

– Heh, taisit yllättyä? nauraa Jesse. – Ne haisevat ihan oikeasti. Kyllä siinä treenatessa ja pelatessa hikeä irtoaa.

Alex jatkaa sukkien haistelua.

– Kiinnostaisko sua...? aloittaa Alex.

– Kyllä kiinnostaa, sanoo Jesse ja istahtaa sohvalle Alexin viereen.

Hetken kuluttua kundit suutelevat toisiaan kiihkeästi ja tutkivat lisää toistensa futisvartaloita. Vähitellen kyrvät tulevat esiin shortsien piiloista. Ensin imee Jesse, sitten Alex. Sitten taas Jesse ja vielä Alex. Jesse ilmoittaa haluavansa tutustua Alexin jalkoihin ja Alexin varoitettua hänen kutiamisherkkyydestään, Jesse aloittaa suullaan Alexin jalkojen tutkimisen liu'uttamalla ensin sukat pois molemmista jaloista ja sitten antamalla kielihoitoa molemmille jaloille. Alex pystyy kuin pystyykin kestämään sen, että joku käsittelee hänen jalkojaan eikä häntä oikeastaan kutita, vaan koko juttu tuntuu ihan hyvältä. Oikeastaan tosi hyvältä. Ai tältä se mahdollisesti tuntui Karostakin, kun hän suuteli Karon jalkoja.

– Haluisitko sä nussia mua? kysyy Alex rohkeasti.

– Kysytkin vielä! Jesse nostaa päätään hymyssä suin. – Mun makuuhuoneessa ei tosin ole sellaisia peiliviritelmiä kuin Karon makkarissa, mutta on sielläkin yksi peili seinällä.

– Ei se haittaa. Se muuten aika mielenkiintoista siellä Karon makkarissa katsella itseään nussittavana ja samalla nähdä seksikumppani tai -kumppanit siinä samalla. Antaa kyllä lisämaustetta seksiin. Varsinainen homopornofilmiskene, sanoo Alex ja nousee sohvalta.

– Tule, Jesse ottaa Alexia kädestä ja ohjaa tien viereiseen makuuhuoneeseen.

Jessen makuuhuone on todellakin erilainen kuin Karon. Sänky on ikkunan edessä. Vartalopeili on seinällä, mutta ei ihan niin että siitä olisi hyötyä jos haluaa katsella itseään sängyllä. Lisäksi huoneessa on kapea vaatekaappi ja pari hieman korkeaa jakkaraa toimimassa pikkuruisina pöytinä.

Alex istahtaa sängylle. Jesse tulee aivan vierelle ja suutelee Alexia intohimoisesti.

– Sä oot todella hyvä suutelija, sanoo Jesse suudelmien välillä. – Ja vielä parempi suihinottaja.

– Ooh, kiitos, voihkaisee Alex.

– Mä muuten tykkään, että mua nussitaan takaapäin.

– Doggie style on meikäläisenkin suosikki.

Jesse nousee ja kaivaa vaatekaapista esiin kondomipaketin ja pumppupullon liukuvoidetta.

– Haluutko, että otetaan vielä paidat ja sukatkin pois? kysyy Jesse.

– Joo ja mä haluun tutkia sun jalkoja.

Alex antaa Jessen futarin jaloille samanlaisen kielikylvyn kuin mitä Jessekin antoi Alexille olohuoneen sohvalla. Tai ehkä se Alexin antama kielihoito on kuitenkin astetta kiihkeämpi ja aggressiivisempi kuin Jessen. Jessellä on isot ja voimakkaat varpaat ja jalkaterät. Hänen pohkeensa ja reitensä ovat futareille tyypillisen näyttävät ja lihaksikkaat. Voi kyllä Jesse on paljon treenannut ja palloa potkinut, ajattelee Alex kuljettaessaan kieltään Jessen jaloissa.

Alexin kielikylpy kiihottaa Jesseä todella paljon ja hän runkkaakin kyrpäänsä kevyesti. Jessellä ei näytä olevan esinahkaa, mutta vartta löytyy kyllä sitäkin enemmän. Alex imaisee hetkeksi Jessen kyrvän suuhunsa kunnes Jesse työntää Alexin pois kyrvältään.

– Mee kontilles. Perse pystyyn.

Alex tottelee heti.

Jesse asettaa kondomin kyrvälleen ja hyväilee liukuvoidetta kortsun päälle koko kyrvän mitalta. Sitten hän valuttaa liukuvoidetta Alexin pakaroiden väliin ja hieroo sitä käsillään. Alex ynisee ja voihkii. Sitten Jesse tokaisee: – Nyt mä siemennän oikein kunnolla! Sen sanottuaan Jesse työntyy sisään Alexin tiukkaan anaaliin.

Seuraa monenlainen anaaliseksin maraton. Ensin Jesse nussii Alexia takaapäin, sitten edestä tuiki tavallisessa lähetyssaarnaaja-asennossa ja vielä lopuksi Alex haluaa nousta ratsastamaan Jessen kyrvällä, joka jo tähän mennessä tuntuu erittäin hyväksikäytetyltä. Jessestä tunne on kuin olisi seitsemännessä taivaassa, josta ulospääsyä ei halua edes ajatella.

– Saat oikein kunnolla futarin patukkaa! iloitsee Jesse Alexille, joka ei juuri sillä hetkellä tiedä onko päivä vai yö vai mikä vuosi nyt on meneillään. Mutta mitä sillä tuossa tilanteessa onkaan väliä. Antaa palaa vain, kun näin kerrankin saa.

– Nussi mua vielä takaapäin laukeamiseen asti ja laukea sitten mun naamalle! Alex saa jotenkuten soperrettua kiimassaan.

Jessen spermaryöppy syöksyy ja sotkee Alexin naaman, mutta se ei häntä haittaa, sillä nyt hän on saanut tuntea miltä homofutarin nussiminen tuntuu.

– Sun vuoro heittää mällit, heittää hikinen futari Jesse sen jälkeen. – Mä haluun ne rinnuksilleni.

Jesse asettuu selälleen sängylle ja Alex on polvillaan sängyllä hänen vieressään ja runkkaa, runkkaa, runkkaa. Ei hitto, laukeankohan mä ollenkaan, miettii Alex yhtäkkiä. Hän jatkaa kyrpänsä riuhtomista rajusti kunnes Jesse tarttuu hänen käteensä.

– Ihan rauhassa. Mä voin runkata sua. Ja niin Jesse runkkaakin Alexia. Hän jopa ottaa liukuvoidepullosta hiukan liukastetta avuksi ja hieroo sitä Alexin kyrvälle. Alexin valtaa ihanan lämmin tunne ja hän laittaa kädet selän taakse ja oikein tarjoaa kyrpänsä Jesselle runkattavaksi.

– Sulla on ihanan valtava kyrpä.

– Mä oon tuhma poika. Mä oon ollut tuhma poika, sanoo Alex.

– Sä oot vittu tuhma poika. Sä oot

ollut futarin kanssa ja se tekee susta tuhman pojan. Koko meidän joukkue tulee vielä nussimaan sua pukuhuoneessa ja me tehdään susta meidän lemmikkimme. Sä tulet vielä antamaan suutasi ja persettäsi jokaisen pelin jälkeen jokaikiselle pelaajalle, Jesse heittelee kiimaisia letkautuksia.

Nämä Jessen kiimaiset jutut saavat Alexin orgasmin nousemaan hänen palleistaan ja kohta syöksyy lämmin kermalasti Jessen hikisille rinnuksille. Alex pudottautuu Jessen viereen ja suutelee häntä.

Kundit makaavat hiljaa jotain hetkisen ja puolen tunnin välillä ja tasaavat molemmat hengityksiään.

– Mulla on joskus vähän vaikeuksia saada orkkua tulemaan kun sen pitäisi tulla vähän niin kuin pakolla, sanoo Alex.

– Karo sanoikin, että sulle pitää puhua rivoja. Ei se mitään. Se on vain hyvä tietää.

– Nyt mä olen sitten ollut futarin kanssa.

– Niin olet, jos se nyt sulle oli se itsetarkoitus, että mä olen futari.

– Ei se nyt itsetarkoitus ole, mutta jotenkin mä kiihotun susta eri tavalla kun sulla on noin futisvaatteet.

– Ymmärrän.

– Kiitos, Jesse.

– Kiitos itsellesi, Alex. Tavataan vain uudelleenkin, jos sua kiinnostaa.

– Kyllä vain.

Jesse ja Alex makaavat vielä sängyllä kauan. Oikeastaan niin, että aamu alkaa valkenemaan ulkona.

12.

Sunnuntaiaamupäivänä klo 10:47 piippaa Alexin kännykkä saapuneesta WhatsApp-viestistä. Mitäköhän nyt? Se on Karolta.

Moi! Pääsisitkö käymään tänään mun luona klo 14?

No mikäs siinä, miettii Alex. Voisihan sitä vihdoinkin ehdottaa Karolle niitä ruoska- ja käsirautaleikkejä.

Nähdään kello 14.

Seuraavat pari tuntia kuluvatkin kuin siivillä. Alex syö kevyesti jotain pientä mitä jääkaapista sattuu löytymään, käy suihkussa, ajaa leualle kertyneet partakarvat, sipaisee vahaa hiuksiinsa ja tekee ratikkamatkan yhdellä vaihdolla Töölöntorilta Varsapuistikkoon. Siitä pieni kävelymatka Liisankatua Karon asunnolle.

Karo vastaa ovisummeriin melkein heti ja Alex loikkii tuttuun tapaansa portaat toiseen kerrokseen.

– Oot sä kiimassa? kysyy Alex päästyään eteiseen.

– En mä nyt ole, vastaa Karo jopa hiukan kyllästyneesti.

– Ai et vai? virnistää Alex.

– Istu alas.

Alex istuu sohvalle ja katsoo uteliaana Karoa.

– Mitä sulla on oikein mielessä?

Karon onneksi ovisummeri piippaa ja hän karkaa eteiseen.

– Huh, mä jo pelkäsin että sä et tulisikaan.

Karo ja Petteri ilmestyvät olohuoneeseen.

– Petteri! huudahtaa Alex.

– Karo hei, mitä sä nyt oikein meinaat? sanoo Petteri nähtyään Alexin sohvalla.

– Nyt te jätkät istutte molemmat siihen sohvalle ja tämä homma selvitetään alusta loppuun, sanoo Karo ohjaten Petterin istumaan sohvalle Alexin viereen.

– Mitä nyt sitten? Petteri kysyy tylsästi.

– Siinä mulla on kaksi nelikymppistä miestä, jotka käyttäytyvät kuin pikkukakarat. Ja nyt te saatte luvan selittää mulle, että mitä vitun hankausta teidän välillänne oikein on, sanoo Karo brutaalista kielestään huolimatta siihen äänensävyyn kuin oltaisiin hovioikeuden istunnossa.

– Etkö sä muka ole jo kertonut Petterille siitä mitä mä kerroin sulle Kaivarin rannassa?

– Kertonut mitä? kysyy vuorostaan Petteri.

– Siitä mistä meidän huonot välit johtuvat? Siitä kun kaksi toisilleen ennestään tuntematonta kundia tutustui toisiinsa netissä, tuli aika tavata kasvokkain, tavattiin, nähtiin ja koettiin Carmen-oopperaa yhdessä. Sitten eräänä kauniina toukokuun päivänä toinen kundeista sai päähänsä kirjoittaa kilometrisen paljastusviestin kertomalla olevansa homo ja haluavansa tietää mitä mieltä toinen oli siitä. Kundit tapaavat uudelleen, käpälöivät toisiaan autossa, leikkivät kuin lapset aikuisten leikkejä, halivat toisiaan, tuntevat läheisyyttä toistensa kanssa. Kunnes sitten merenrannalla saa tämä toinen kundi päähänsä ruveta suutelemaan. Siitäkö se riemu sitten repeää kuin kesämyrskyinen taivas salamoineen. Eikä se myrsky hellitä ennen kuin toinen pistää välit poikki. Kertonut siis siitä. Kertonut miten kahdesta kaveruksesta, ystävyksestä tuli toisilleen vieraat ihmiset.

Karon olohuoneeseen tulee hiljaisuus. Ikkuna on raollaan ja läheisestä risteyksestä kuuluu ratikoiden pölinää.

Petteri laittaa molemmat kätensä kasvojensa suojaksi ja painaa päänsä melkein polviinsa. Kuuluu hiljainen nyyhkytys. Alex istuu vieressä ja tuijottaa lattiaan. Karo nojautuu keittonurkkauksen saarekkeeseen ja tuntee itsekin silmiensä kostuvan.

– Miksi sä koskaan edes lähetit sitä kilometriviestiä mulle? kysyy Alex vihdoin.

– Koska mä pidin sua sellaisena luotettavana ihmisenä, jolle voi kertoa ihan mitä vain, Petteri saa vihdoin tuhistua itkun seasta.

– Piti vain kertoa se kaikki, että sä olet homo ja kysyä mitä mieltä mä olen siitä. Siinä kaikki vai?

– Niin...

– Ei sitten tullut mieleen, että toinen voisi olla kiinnostunut susta jotenkin muutenkin kuin vain kuuntelukaverina?

– No enhän mä sitä voinut tietää, sanoo Petteri. – Sulle vaan oli niin helppoa jutella kaikenlaista.

– Se siinä niin vittumaista onkin meikäläisen kohdalla, kun mulle muka on aina niin helppoa kertoa kaikkea. Onkohan kukaan koskaan ajatellut, että ehkä mullakin vois olla jotain muitakin intressejä kuin vain kuunnella?

Petteri ei vastaa.

– Mua oli vaan kiva hiukan kiusata ja härnätä ja katsoa mitä sitten tapahtuu. Kun sitten riittävästi on kiusoiteltu, niin musta tulikin kiinnostunut ja leikki loppuu siihen. Tietäisit vaan kuinka monta samanlaista tapausta mulla on ollut. Pientä kiusaa ja pientä härnäämistä, mutta sitten kun voisi oikeesti tapahtuakin jotain, niin toinen viheltää pelin poikki ja sitten se on poikki. Ilmeisesti mua on vaan niin helppo jujuttaa ja kiusata.

– Mä olen pahoillani..., aloittaa Petteri.

– Se on helppo olla pahoillaan 19 vuoden jälkeen.

Nyt Alex ja Petteri ovat vaiti. Karo tuijottaa heitä nojaten edelleen keittiösaarekkeeseen.

– Petteri, sano nyt rehellisesti, etkö sä ole ollenkaan kiinnostunut Alexin tyyppisestä kundista? kysyy Karo vilpittömästi.

Petteri nostaa päänsä ja katsoo ensin Karoa ja sitten Alexia.

– Ei Alexissa mitään vikaa ole. Ei ollut silloin, eikä missään tapauksessa ole tänä päivänäkään, hän sanoo arvioivasti. Sitten hän kääntyy katsomaan Karon suuntaan. – Alex on komea tumma kundi. Silloin aikoinaan hänellä oli sellaiset aika söpöt amisviikset.

Sitten Petteri kääntyy taas katsomaan Alexia. – Sä oot nyt ajanut sen sängen pois mikä sulla oli silloin lauantaina. Se oli seksikäs.

– Tykkäät karvoista? Alex kysyy.

Petteri nyökkää.

– Mä olin silloin tosi lapsellinen ja käyttäydyin ihan idioottimaisesti. Olet oikeassa. Oli kiva kiusoitella ja härnätä ja katsoa miten pitkälle sä menet. Ehkä mä pelästyin omia tunteitani. Pelkäsin, että mitä sitten tapahtuu, jos me suudellaan ja... Siitä on niin kauan ja mä olin silloin ihan raakile. Sinäkin sanoit silloin, että sä oot rakastunut.

Alex huokaa. – Niin sanoin joo. Enkä mä oikeastaan tiedä mitä mä tunsin sua kohtaan. Ehkä se oli sitä syvää kiintymystä. Mutta mulle se syvä kiintymys juuri merkitsee seksuaalista kiinnostumista. Ehkä minunkin oli pakko keksiä vain joku tekosyy saada sut vakuuttuneeksi kiinnostuksesta. Musta tuntui silloin, että sulle oli vain tärkeää se, että kaikki muut kyllä ovat tervetulleita kohteliaisuuskäynnille, mutta mulla oli ehdoton maahantulokielto. Mä tunsin, että sun kanssa mä uskaltaisin, koska sä tunnuit mukavalta ja luotettavalta.

Petteri nostaa hieman kulmiaan:

– Sulle taitaa se pelkkä seksikumppani merkitä melkein yhtä paljon kuin jollekin ihmiselle parisuhdekumppani?

– En mä tiedä mikä on, mutta mulla on aina ollut vaikeaa luottaa toisiin ihmisiin. Mutta kun se luottamus on syntynyt ja mulla on turvallinen olo, niin kaikki sujuu. Vaikka mä kaipaan pelkkiä seksikavereita, niin jos mä en tunne sitä turvallisuutta, ei hommasta tule mitään. Monien kanssa on tapaamiset jääneet siihen yhteen ainoaan kertaan, joka sitten on mennyt pieleen, kun mä en ole osannut luottaa siihen toiseen. Eikä se toinen ole sitä ymmärtänyt, vaan ei ole enää halunnut tavata.

Tämän jälkeen tulee hiljaista. Karo

katselee kundeja arvioivasti.

– Onko tämä juttu nyt selvä?

Petteri nyökkää. Alex nyökkää myös.

Hetken kuluttua Petteri asettaa huolettomasti kätensä Alexin reidelle. Alex säpsähtää sitä hieman, mutta peittää sitten Petterin käden omallaan ja taputtaa sitä muutaman kerran. Karo tulee kundien luo ja koskettaa molempien olkapäitä kannustavasti.

– Onko kaikki nyt hyvin? kysyy Karo vakavana.

Molemmat nyökkäävät.

– Haluaisitko sä vielä suudella mua? Petteri kysyy Alexilta hiukan vienosti hymyillen muutamasta kyynelpisarasta huolimatta.

Alex katsoo Petteriä. On se söpö nörttimäinen kundi silmälaseineen, ajattelee Alex. Mutta hän ei tiedä, että Petteri ajattelee hänestä nyt ihan samalla tavalla.

Alex ei tarvitse uusintakysymystä, vaan hän painaa kevyesti huulensa Petterin kosteille huulille. Karo katsoo molempia kundeja ja aikansa katseltuaan ohjaa molemmat seisomaan. Kiimaisia, märkiä, syljeneritystä lisääviä kielareita vaihdetaan puolin ja toisin.

– Tuntekaa nyt vihdoinkin toisenne, Karo lähes kuiskaa.

Alex tunnustelee Petterin pakaroita.

– Sullahan on oikea bottom-kundin perse, niin nussittava että...

– Voi Alex, Alex... Sä oot väärässä... Mä en anna naida, ellei sitten kundilla ole pienikaliiperinen kyrpä. Mä olen top-henkinen kaveri ollut oikeastaan aina ja sulla ainakin on sen verran kookas kyrpä, että mä en uskalla antaa sun naida mua.

– Mistä sä tiedät mun kyrpäni koosta? ihmettelee Alex.

– Mä näin sun alushousujen läpi sen jöpötyksen mikä sulla oli silloin bileissä lauantaina, kun sä tulit tuolta Karon makuuhuoneesta Harrin ja Heikin kanssa.

– Mä olin just ottanut suihin..., aloittaa Alex.

– Ei tarvii selittää. Kyllä mä tiedän

mitä Harrin ja Heikin kanssa tehdään. On siitä mullakin kokemusta, kehaisee Petteri.

– Nyt me voitaisiin lopettaa puheet ja tehdä mekin jotain kivaa kolmestaan, vai mitä? Karo ehdottaa.

Kaikki kolme siirtyvät vähitellen eteiseen, suuntanaan Karon makuuhuone ja eteisessä Karo avaa matka-arkun.

– Ai sä säilytät siellä jotain? Alex utelee.

– Vaikka ja mitä, vastaa Karo ja kaivaa arkusta kondomipaketin ja pumppupullon liukuvoidetta. Vielä kahdet käsiraudat, raipan ja monihaaraisen ruoskan.
– Ai niin! Tämä vielä! Karo heittää arkusta punaisen silkkilakanan Alexille.

Karon makuuhuoneessa on molemmat kokovartalopeilit kohdillaan sängyn molemmilla reunoilla ja seinien peilit vain lisäävät paljaana olemisen tuntua. Se tunne, kun olet esillä etkä muuta voi. Karo säätää katossa olevien spottilamppujen tehoa, jotta valo on pehmeän valkeaa ja kutsuvaa sängyllä.

– Käytätkö sä aina pimennysver-
hoja? kysyy Alex hiukan huvittuneena.

– Yleensä joo. Vai haluisitteko että
naidaan auringonpaisteessa?

– Ei paha ehdotus ollenkaan, sanoo
Petteri ja katuu saman tien. – Tai ei...

– Ei, tää keinovalo on ihan jees, sa-
noo Alex ja heittää punaisen silkkilakanan
koko sängyn peitoksi.

Alex koskettelee Petteriä ja ottaa
hänet syvään halaukseen.

– Sä tunnut ihanalta, hän sanoo
Petterin korvaan.

Petteri rutistaa Alexia takaisin ja
tuntee Alexin voimakkaat hartiat.

– Uuuhh, sun hartiat on niin mie-
hekkäät.

– No kuule siitä on 19 vuotta, kun
me ollaan viimeksi halittu, sanoo Alex.

– Äsh! Unohdetaan jo se. Se oli sil-
loin ja nyt on todellakin nyt.

– Hyvä idea, sanoo Karo ja liittyy
kundien seuraan ja nuolaisee taitavalla
kielellään molempien suuta.

Vaatteet kuoriutuvat vähitellen

Alexin, Karon ja Petterin päältä pois. Vuorotellen jokainen on polvillaan ja maistaa toinen toistensa kyrpiä. Alexin laskeutuessa imemään Karoa ja Petteriä, hän aloittaa tapansa mukaan kundien jaloista suutelemalla ja nuolemalla niitä. Vihdoinkin hän näkee Petterin jalat, jotka ovat miehekkäät ja aika isot. Siitä sitten molempien kundien sääriä ja reisiä ylöspäin kielellä matka käy kohti paisuneita miehen kokoisia kyrpiä. Näennäisestä tasavertaisuudesta huolimatta jokainen kolmesta kundista tietää kuka loppujen lopuksi kuitenkin tulee saamaan kyrpää vähintään kolmella eri tavalla. Välillä kaikki kolme vuorotellen seuraavat seinillä olevista peileistä ja vartalopeileistä näkymiä sängyllä. Kuin kuumaa homopornoa seuraisi, mutta jollain tavalla jopa kiihottavampaa, kun se tapahtuu tässä ja nyt.

Petteri laukeaa Alexin selän päälle melkein vahingossa, Karo haluaa vielä pidätellä ja Alex on vasta nautintonsa alussa. Karo napsauttaa käsiraudat Alexin ranteisiin ja sängynpäädyn metallitankoon.

– Ai niin kundit, jotain unohtui multa, sanoo Karo ja katoaa hetkeksi eteiseen. Karon tullessa takaisin makuuhuoneeseen Alex vilkaisee Karoon ja huomaa Karon kädessä punaisen huivin. Karo sitoo huivin Alexin silmille. Ei voi olla totta, ajattelee Alex. Se hänen haavekuvansa silloin kauppatorin kahvilassa ennen juhannusta!

– Mitä sä naurat? Petteri kysyy Alexilta.

– Tuli vain sellainen déjà-vu -olo..., Alex sanoo pehmeästi sokkona.

– Eihän me olla vielä koskaan tällaisia juttuja leikitty. Vielä, painottaa Karo.

Karo aloittaa kevyesti kutittelemalla Alexia sekä raipalla että ruoskalla. Sitten kevyesti läpsyttelemällä jalkapohjia, pohkeita, reisiä, pakaroita ja selkää. Monihaarainen ruoska tekee lopulta tehtävänsä, kun Karo viuhuttaa Alexin pakaroille kunnollisia viuhtaisuja. Alex voihkii ja ynisee riippuen iskujen kovuudesta. Mutta yksi asia on varmaa: hän nauttii. Karo komentaa Petterin sängylle Alexin viereen ja viuhuttaa muutamia iskuja monihaaraisella ruoskalla myös Petterin vartalolle. Petterillä on taas jo sellainen puoliseisokki menossa ja jollain tavalla hän tuntee kiihottuvansa näkemästään.

– Laita kyrpäs valmiiksi ja kortsu ja liukkaria päälle, Karo sanoo Petterille.

Petteri tekee työtä käskettyä ja siirtyy Alexin taakse. Hän työntyy ensin varovasti, mutta sitten voimalla Alexin sisään edestakaisin liikkein. Karo antaa satunnaisia piiskanläimäyksiä Petterin miehekkäille pakaroille, mikä saa Petterin työntelemään kyrpäänsä lujempaa ja nopeammin Alexin tiukassa anaalissa. Petterin laukeaminen on nyt huomattavasti voimakkaampi ja rajumpi; sperma suorastaan tulvii hänen kortsusta vapautuneesta kyrvästään Alexin pakaroille.

– Mun vuoro, ilmoittaa Karo.

Vaikka Alex on sidottuna, on hän

hieronut kyrpäänsä ihan riittävästi punaista silkkilakanaa vasten ja kermaisen valkea lasti tulee lakanalle Petterin ja Karon vaihtaessa paikkojaan. Karo asettaa kortsun ja liukuvoiteen paikalleen ja aloittaa työntelemään Alexin jo kerran nussittua persettä.

– Aaaaaaahhhh, parahtaa Alex kun Karon iso ja paksu kyrpä sujahtaa sisään jo valmiiksi nussittuun ja hyvin rasvattuun anukseen.

– Nyt sä vitun lutka olet mun! kuiskaa Karo Alexin korvaan. – Ruoski mua samalla, hän kehottaa Petteriä.

Petteri ottaa monihaaraisen ruoskan ja aloittaa viuhuttamaan tasaisia vetoja Karon pakaroille.

– Mä oon paha poika. Paha, paha poika! voihkii Karo.

Karo laukeaa vähän samalla tavalla kuin Petteri Alexin pakaroille, mutta Karon orgasmi on niin voimakas, että hän romahtaa sängylle hytisemään hetkeksi. Alex laukeaa melkein samanaikaisesti uudelleen Karon kanssa.

Petteri vapauttaa Alexin käsirau-
doista ja tämän jälkeen punaisella silkki-
lakanalla makaa kolme hikistä kundia
täysin tyydytettyinä. Alex ottaa punaisen
huivin pois silmiltään ja katselee itseään
viereisestä peilistä. Kolme hikistä kundia
sängyllä. Täysin tyydytettyinä, kiimasta ja
orgasmista hytisevinä. Alex imaisee vielä
kerran sekä Karon että Petterin varpaita ja
vääntäytyy sen jälkeen heidän väliinsä
kuuman hikiseen syleilyyn.

13.

Alex on paha poika. Karo on paha poika. Petteri on paha poika. Kaikki kolme ovat pahoja poikia. Pahat pojat harrastavat seksiä toistensa kanssa valtavien peilien nähden. Peilit seuraavat ahnaasti kuin kamerat tallentamatta kuitenkaan kolmen kimpan homopornosessiota.

– Vai tuollaisten lutkapoikien kanssa sä nykyisin hengailet?! Naisen ääni raivoaa humalaisen sammaltaen ensin jostain kaukaa ja sitten aivan läheltä. – Et oo sitten vieläkään mitään kunnollista löytänyt! Kuulkaas pojat, Karo on MI-NUN!

Naisella on vaaleat, kikkaraiset paksut hiukset ja tyylikäs musta jakkupuku. Vanhan viinan hajusta päätellen juhliminen on alkanut jo paljon aikaisemmin kuin pari tuntia sitten.

– MITÄ VITTUA?! MUTSI?! Mitä sä täällä teet? huutaa Karo.

– Mä tulen sun luo käymään ja löydän täällä orgioiden rippeet pitkin huushollia, sammaltaa humalainen nainen kadoten makuuhuoneesta olohuoneen suuntaan.

– Olkaa te ihan rauhassa siinä sängyllä mä hoidan tämän, sanoo Karo rauhoitellen Alexille ja Petterille ja katoaa hänkin olohuoneen suuntaan sulkien mennessään makuuhuoneen oven.

Petteri ja Alex makaavat sängyllä ja kuuntelevat Karon ja hänen äitinsä äänekästä keskustelua, josta ei kylläkään seinän läpi saa kovin paljoa selvää.

– Voi hitto mitä kello on? kysyy Alex.

– 19.43, sanoo Petteri vilkaisten seinän vieressä olevalla kapealla pienellä jakkaralla olevaa kelloa.

– Taidettiin nukahtaa koko porukka, toteaa Alex. – Onneksi mulla on vielä viikko lomaa jäljellä.

– Mulla on loma vasta elokuussa, mutta huomenna aamulla mä voin liukua ja mennä vähän myöhemmin, laskeskelee

Petteri.

– Karon äiti on näköjään juhlinut, miettii Alex.

– En mä tunne häntä. En ole koskaan aikaisemmin tavannutkaan.

– Sitten meitä on kaksi, sanoo Alex, pitää pienen tauon ja jatkaa sitten: – Sä olit muuten hyvä tuossa pari tuntia sitten.

– Sä olit hyvä. Susta paljastui ihan mielettömästi puolia, joita mä en tiennyt sulla olevankaan.

– No eihän me oltu koskaan aikaisemmin mitään...

– Niin, niin, unohdetaan jo se, Petteri sanoo napakasti. – Voisi siinä tapauksessa sanoa, että susta paljastui puolia, joita en olisi edes odottanut sulta.

Alex nousee istumaan sängyllä. – Mulle ei ihan perusseksi riitä. Tuollainen seikkailu ja leikki mitä mekin teimme on mun juttu. Joillekin riittää suutelut, imut ja runkut ja mä haluun sitten koko repertuaarin.

– Mulla on vähän siltä väliltä. Petteri nousee sängyltä ja raottaa hiukan verhoa ja sisään valahtaa kelmeä ilta-aurinko.

– Ja taas uusi hellepäivä painumassa iltaan.

Makuuhuoneen oven läpi kuuluu kun ulko-ovi eteisessä pamahtaa kiinni ja vähän ajan kuluttua Karo avaa oven ja tulee makuuhuoneeseen.

– Mä olen todella pahoillani tuosta äskeisestä.

– Onko hän sun äiti? kysyy Alex.

– On kyllä ja ei ole tämä päivä kovin rattoisa meidän perheessä.

– Vaikutti siltä, että oli juhlatuulella, Alex sanoo.

– Vähän ärhäkkäällä jälkijuhlatuulella, korjaa Petteri.

– Mutsilla on ollut vähän vaikeaa ja hän sitten purkaa sitä juhlimalla. Karo on vaiti hetken. – Haluutteks te kundit vaikka jotain iltapalan tapaista?

Kaikki kolme kundia siirtyvät olohuoneeseen ja Karo pujahtaa keittonurkkaukseensa.

– Kundit hei, mä tiedän, että nämä

ovat pikemminkin osa aamupalaa, mutta maistuisiko iltapalaksi muna? kysyy Karo aivan kuin aiheesta ei voisi repiä huumoriakin.

– Ai lisää munaa iltapalaksi vai? Alex heittää osansa soppaan sohvalta.

– Kyllä mulle vain sopii muna iltapalaksi, vinkkaa Petteri ikkunan luota.

– Otatteks te 7 vai 10 minuutin munan?

– 10 minuutin, kova se pitää olla, nauraa Alex.

– Mä olen samaa mieltä, iskee silmää Petteri. – Vaikka mä puhunkin silloin vaan omastani.

Alex, Karo ja Petteri nauravat kaikki kolme yhdestä suusta.

14.

Alexin toiseksi viimeisellä lomaviikolla hän lähtee käymään Turussa vanhempiensa luona ja viettääkin siellä yli viikon. Sekä isällä että äidillä on juuri sille viikolle osunut vaikka mitä lääkärissä käymisiä ja muitakin tärkeitä menoja missä Alexin on hyvä olla mukana. Eihän hän ole pitkiin aikoihin oikein tiennyt mitä hänen vanhemmilleen oikein kuuluu. Turun ja Helsingin välillä on kahden tunnin junamatka, mutta jotenkin tuo lyhytkin välimatka on kuin mentäisiin maailman ympäri. Helsinki suorastaan imaisi Alexin 2012 syksyllä ja on siitä saakka pitänyt otteessaan.

Kuitenkin aina vanhaan kotikaupunkiinsa Turkuun tullessaan Alex jollain tavalla rauhoittuu Helsingin vilskeestä. Kun on ollut jonkin aikaa poissa, Aurajoen aurinkoiset rannat tuntuvat jotenkin erilaisilta kuin ennen, kun niitä pitkin käyskenteli melkein jatkuvasti. Kaupungin kundejakin katselee ihan toisenlaisella mentaliteetilla ja huomaa, että kyllä sieltä niitäkin joskus aina löytyy, jotka katsovat takaisin. Vai katsovatko? Untako se vain on?

Toriparkin työmaan vieressä tynkäkauppatori yrittää kukoistaa ja tarjota antimiaan. Ainakin torikahville pääsee, se on pääasia ja Turun kauppatorilla se onkin. Alex viettää torikahveilla äitinsä ja isänsä kanssa aikaa jokaisena Turun päivänään. Perheaamiaiset, lounaat ja iltapat seuraavat toistaan ja Alex muistaa miten elämä kulki kulkuaan myös ennen vuoden 2012 syksyä. Iltaisin ennen nukahtamista tulee tunne, että tässä vaiheessahan sitä yleensä halusi runkata, mutta nyt jostain syystä on tullut saatua seksiä yhden jos toisenkin kundin kanssa aika monella eri tavalla, joten runkkaaminenkin tuntuu vähän oudolta ajatukselta.

Ei, koko tämä kesä on kuin outo ajatus. Ensin ennen juhannusta hän törmäsi ihan sattumalta Karoon Kolmen Sepän aukiolla ja siitä lähtien hän on päässyt toteuttamaan omaa seksuaalisuuttaan oikeastaan enemmän kuin koskaan aikaisemmin.

Turussa vielä asuessaan Alex sai melkein jatkuvasti törmätä siihen ikävään tosiasiaan ettei hänen ulkonäkönsä riittänyt paikallisille kundeille. Vai olikohan kyse vain ulkonäöstä? Välillä hän tunsi pientä vainoharhaisuutta siitä, että aivan kuin joku olisi vain levitellyt hänestä ikäviä juttuja, ettei häneen kannata tutustua ja muuta homohauskaa.

Onhan hänellä Helsinkiin muutettuaan ollut niitä yksittäisiä seksikokemuksia, joita sitten jotkut hauskasti nimittävät irtonumeroiksi, mutta kyseessä on ollut aina joku uusi tapaus ja kaikki on suoraan sanottuna lähtenyt nollasta. Vastapelurille se on näyttänyt olevan ihan normijuttu ja helppoa hoitaa, mutta Alex olisi halunnut tutustua ensin rauhassa toiseen ja kerätä se luottamus, ja vasta sitten harrastaa seksiä tämän kanssa. Eikä kukaan irtonumeroista ole halunnut tavata uudelleen. Sitten oli niitä jotka puhuivat ja lupailivat nettipalveluissa yhtä ja toista tietäen jo luvatessaan, ettei ole koskaan, ikinä, milloinkaan edes halua tavata kasvokkain. Mutta jotainhan pitää sanoa, ettei sitten jälkeenpäin kukaan pääse vittuilemaan siitä, ettei ole tullut ehdotuksia. Mitä siitä vaikka asiaa ei olekaan viety loppuun asti. Sitten oli vielä se eräs suihinottajakundi, mutta hänenkin kanssaan Alexilla oli vaikeuksia antautua hommaan niin, että myös hän itse nauttii. Suihinottajakundille tuntui vain olevan tärkeää, että hän saa imeä isoa kyrpää ja runkata itsellensä orkut. Alex olisi tämän lisäksi halunnut myös kiihkeitä suudelmia, kielellä kehon tutkiskelua, käpälöintiä, rivoja puheita, ehkä pari vitun kovaa läimäystä pakaroilleen, mutta kun ei, niin ei. Suihinottokin tuntui hyvältä, ei siinä mitään, mutta kun voisi vain antautua tuntemuksilleen estoitta. Se on aina ollut Alexin ongelma, jos sitä ongelmaksi voi kutsua. Toisella yrittämällä olisi kaikki tuntunut helpommalta, mutta kun sitä toista kertaa ei koskaan ole tullut.

Jotenkin sitä on vain helpompi itsekseen fantasioida ja runkkailla. Ei tarvitse jännittää mitään ja se fantasian ja oman mielen haavekundi on juuri sellainen, joka haaveillessa toteuttaa jutun jos toisenkin. Orgasmin tullessa tuntuu kuin pussit tyhjentyisivät kuin lämpimänä avattu samppanjapullo.

Oih, miten tuo kaikki on niin helppoa ja kuitenkin niin vaikeaa?

Kuuman kesäpäivän hiljentyessä illaksi ja äidin ja isän lähtiessä iltalenkille, Alex sulkeutuu omaan huoneeseensa ja kaivaa lukollisen laatikostonsa kätköistä esiin vanhoja postimyyntikatalogeja, joissa komeilevat kundimaiset kundit ja miehekkäät miehet tyylikkäissä puvuissa, rennoissa kesävaatteissa ja paljastavissa uimapuvuissa. Ah, siitä on todellakin aikaa, kun hän on näitä katalogeja käyttänyt runkkumateriaalina.

Hän aloittaa nauttimalla katalogien kundeista sängyllä vatsallaan maaten ja hieroen kovettuvaa kyrpäänsä sängynpatjaa vasten. Mielikuvitus laukkaa täyttä laukkaa Alexin mielessä ja orgasmi tuleekin aikaisemmin kuin hän edes ehti sitä odottaa. Äsh, noh, ei muuta kuin märät alushousut vain pois.

Seuraavaksi hän siirtyy kirjoituspöytänsä ääreen ja avaa vanhan kannettavansa, jota hän aina käyttää kotonakotona käydessään. Netissä on paljon laajempi valikoima ja hyvä niin; löytyy daddya, urheilijakundia, tummaa ja vaaleaa, ladyboyta, sotilasta ja vaikka mitä muutakin. Sitten Alex muistaa nimen Jason Longhorn, amerikkalainen homopornotähti, jonka kanssa hän joskus aikoinaan oli jopa sähköpostiyhteydessäkin. Oi ei, oli mukavaa puhua homoenglantia ja opetella silloin alaan kuuluvaa sanastoa.

Mallinimellä Jason Longhorn hän löytää kaikki kyseisen herran tekemät homopornoelokuvat. Desire of night tuntuu ehkä nyt parhaimmalta ja niin Alex kaivaa laatikostostaan esiin liukuvoidepullon ja uppoutuu uudelleen runkkailun ihmeelliseen maailmaan saaden loppujen lopuksi uuden kermalastin vatsalleen ja muutaman roiskeen myös rinnuksilleen.

Thank you, Jason! You are still fucking hot dude!

15.

Lucan kuningasidean ansiosta istuvat Alex ja Karo nyt Finnairin iltapäivälennolla Helsingistä Roomaan. Kaikki oli tapahtunut ex tempore, kuten melkein kaikki Lucan vauhdikkaassa yksityiselämässä aina tapahtuukin. Maanantai-iltana oli Luca viestittänyt Karolle, että kiinnostaisiko tulla Roomassa käymään pidennetylle viikonloppureissulle ja Alex olisi myös enemmän kuin tervetullut mukaan. Myöhään maanantai-iltana saa Alex Turkuun kotiinkotiinsa viestin Karolta matkaehdotuksineen. Hän ottaa Karon ehdotuksen vastaan ajatellen, että mikäs sen mukavampi kesäloman lopetus kuin Rooman-matka. Lucalla ja Karolla oli jokin ihme lahjakortti, jolla Rooman-matkan liput järjestyivät ja paluulento on sunnuntaina, jotta Alex ehtii maanantaina takaisin töihin.

Alexin kesäloman viimeinen viikko

on jo hyvää vauhtia kääntymässä kohti torstain iltaa, kun kone laskeutuu Fiumicinon lentokentälle. Luca on vastaantuloaulassa valloittava hymy kasvoillaan. Lucalla on päällään kireä lyhythihainen punainen t-paita, joka paljastaa mukavasti hänen trenatut käsivartensa. Karo ja Alex halaavat vuorotellen Lucaa ja suuntaavat sitten lentoaseman parkkihalliin Lucan autolle.

– Tässä helteessä ajaminen on kyllä sanonko mitä, tuhahtaa Luca istahtaessaan ajajan paikalle. Alex ja Karo pujottautuvat hieman ahtaalle takapenkille ja matka Rooman kaupungin suuntaan alkaa.

– Buona sera! Täältä tullaan, kuuma Rooman kesä! iloitsevat Alex ja Karo takapenkillä.

Lucan asunto Roomassa on Re din alueella vain korttelin päässä samaiselta metroasemalta.

– Tämä on oikeastaan vanhempieni omistama asunto, mutta saan käyttää tätä asuessani täällä, sanoo Luca avatessaan asunnon oven.

– Benvenuto!

– Mille grazie! karkaa Alexin huulilta kun hän ihastelee näkymää eteisestä keittiöön, olohuoneeseen, makuuhuoneeseen ja kylpyhuoneeseen.

– Tämä on ihan tavallinen italialainen kämppä, rauhoittelee Luca. – Ei mitään hienoa luksusta, vaan sellaista josta voi sanoa "mi casa!". Matkalaukut voitte jättää ihan tähän eteiseen. Olkaa kuin kotonanne! Illallinen on valmistumassa, mutta kyllähän te tiedätte, että Italiassa ruoka on melkein kaiken yläpuolella, sanoo Luca kadoten keittiöön ja Alex ja Karo siirtyvät istumaan olohuoneeseen.

– On se aika tyyppi tuo Luca, sanoo Alex.

– Luca on italialainen unelma, laskeutunut Helsinki Vantaan lentokentälle äitinsä sisällä joskus 1975, paljastaa Karo.

Rooman kuuma ilta on jo vaihtunut Rooman kuumaksi yöksi. Pasta carbonara, iloinen yhdessäolo ja italialainen chianti tekevät tehtävänsä kun Alex, Karo ja Luca rojahtavat sohvalle vierekkäin.

– Mitäs sitten kundit? Telkkua vai musiikkia? Vai nukkumaan? Luca katsoo arvioivasti haukottelevaa Karoa ja Alexin silmistäkin voi jo erottaa Nukkumatin lähestyvän unihiekkoineen.

Alex vilkaisee seinällä olevaa digitaalikelloa: ”23:27”.

– Tässä on ilmeisesti kaksi väsynyttä matkalaista, jotka ovat kuumana kesäpäivänä matkanneet pitkän matkan ja 3 tunnin lennon Helsingistä Roomaan, sanoo Karo väsyneellä äänellä.

– Ryhmähalii! Luca vaatii ja niin myös tapahtuu.

Luca rutistaa kunnolla molempia kundeja ja antaa tuntuvat ja kiihkeät italiaanosuudelmat molempien huulille.

16.

Rooman pidennetty viikonloppu Alexin, Karon ja Lucan kesken on alkanut täydellisesti ja se myös jatkuu täydellisesti, vaikkakin kuumasti. Jo Suomessa kundit ovat saaneet nauttia tai inhota, ihan miten se vain itselle sopii, todellisesta hellekesästä, mutta Roomassa lämpötila on vielä reippaasti yli +35 °C ja helle suorastaan pitää ihmisiä aisoissaan.

Kundit nukkuvat Lucan, tai hänen vanhempiensa, Rooman kämpän makuuhuoneen isossa parivuoteessa. Kello on 8.30, kun Alex havahtuu hereille ja huomaa vieressään Lucan hyväilevän itseään ja runkkaavan.

– Tyypillinen aamutoimi meikäläisellä, julistaa Luca ja innostaa myös Alexin ja juuri hereille säpsähtäneen Karon samoihin puuhiin.

Kaikki kolme makaavat vierekkäin sängyllä ja Luca Alexin ja Karon välissä.

– Olenko mä jo sanonut sulle Luca, että sä oot ihan vitun komea kundi? kysyy Alex hieman kiimaisella äänellään.

– Olet! Eilen illallakin aika monta kertaa siinä kun kaatelit punkkua ja pastaa kurkkuusi. Ja jos komeudesta puhutaan, niin sinä Alex olet hemmetin komea jätkä.

Myös Karo nyökkää alleviivaavasti.

– Ne on ne sun suomalais-italialaiset geenit, sanoo Karo läpsytellessään leikkisästi kyrpäänsä kämmenillään.

– Otetaanko kundit pieni kilpailu? Alex ehdottaa.

Alexin ei tarvitse toistaa ehdotustaan, vaan kilpailua syntyy ja hetken päästä kaikki kolme kundia hikoilevat vuolaasti sängyllä ja yrittävät ehtiä maaliin ennen muita. Mielessään kaikki kuitenkin tietävät, että oikeastaan se joka laukeaa ensimmäisenä menettää itse asiassa enemmän kuin se viimeinen, jota muut saavat orgasmin jälkirunkkujen aikana odotella.

– Ja maaliin saapuu Luca! Bravoo!

Luca voihkii roiskiessaan lastinsa rinnuksilleen.

– Meikäläiselle hopea, hihkuu Karo.

– Pronssi ei ole häpeä, laukeaa Alex heti Karon ensimmäisten roiskeiden yhteydessä.

Tämä ei todellakaan jäänyt kundien Rooman-matkan ensimmäiseksi ja ainoaksi runkkuhetkeksi, vaan niitä seurasi vielä pari muutakin aamurunkkua ennen kotiinpaluuta.

Helteestä huolimatta tai ehkä juuri siitä johtuen, kaikki kolme kundia tunsivat tarvetta seksuaaliseen kanssakäymiseen, eikä kenelläkään ollut sitä mitään vastaan.

Päivällä kundit kiertelivät kaupunkia kävellen, metrolla, bussilla ja välillä myös Lucan autolla. Välillä käytiin myös pitsalla jossain hyvässä ravintolassa. Baareissakin kundit kävivät hieman katsastamassa tunnelmaa, mutta jotenkin Lucan asunto veti enemmän puoleensa.

– Mulla ei ole peilejä makuuhuoneessa niin kuin sulla Karo, valittelee Luca.

– Mä totesin vain aikoinaan, että sekstaillessa on oikeastaan aika mukavaa nähdä itsensä täydessä toimessa.

– Wannabe pornstar! Alex heittää.

– Sinähän se olet, isokyrpä, Luca iskee silmää Alexille.

– Niin... Onhan mulla iso. Kyllä mä sen tiedän, Alex myöntää hiukan punastuen.

– Alex on vaan sen verran alistuva, että nussiminen ei varmaan onnistu, sanoo Karo.

– Mulla on idea! Luca väläyttää silmät loistaen. – Onnistui erään toisenkin alistuvan bottom-kundin kanssa.

Luca ohjaa Alexin ja Karon makuuhuoneeseen. Hän painaa määrätietoisesti Alexin selälleen sängylle ja kiipeää Alexin päälle ratsaille.

– Hei kundit hei, meillä on vaatteet päällä! Alex nauraa.

– Ei ole enää kauan, jatkaa Karo.

Kiimaisena ryhmänä kaikki kolme

riisuutuvat vähitellen suudelmien ja käpälöintien lomassa. Alex pääsee nuolemaan ja imemään Lucan varpaita. Eivätkä rauhaan jää Karonkaan jalat. Myös Luca innostuu kokeilemaan jalkafetismiä. Seuraa imut puolin ja toisin kunnes Alex on täysin alistettuna sängyllä selälleen ja Luca on ottanut lattialta liukuvoidepurkin ja kondomipaketin. Karo ja Luca vuorotellen ratsastavat Alexin jättikyrvällä. Koko makuuhuone täyttyy eläimellisestä ääntelystä, miehekkäistä seksin hajuista ja kuuma huoneilma nousee entisestään.

Omalla omituisella tavallaan Alex tuntee pientä ylpeyttä siitä, että vaikka hän onkin yleensä se jota nussitaan, niin nyt hän tietää että tarvittaessa hän voi myös olla se, joka nussii. Jos tuhatvuotinen Rooma onkin entisensä, niin samaa ei voi sanoa Alexista. Ensimmäisen kerran hän voi sanoa nussineensa toista kundia tai oikeastaan kahta kundia.

Arrivederci, Roma!

17.

Elokuu alkaa ja helteet senkun jatkuvat. Alex palaa asianajotoimistoonsa ja uppoutuu jo ensimmäisenä työaamunaan yhteen ennen lomaa kesken jääneeseen juttuun, jolla ei ole kiire, mutta joka olisi hyvä saada elokuun aikana hoidettua.

Työ on Alexille hyvää vastapainoa sille mitä hän koko helteisen heinäkuun aikana ehti kokea. Voi Karo! Olet sä harvinaisen ihmeellinen tyyppi! Alex miettii ison kahvimukinsa vieressä ja jatkaa töitään.

Haettuaan automaatista uuden mukillisen kahvia hän lähettää Karolle lyhyen WhatsApp-viestin:

Moi! Kiitos matkaseurasta.

Karo vastaa melkein heti:

Kiitos samoin.

Siis mitä? "Kiitos samoin." Ei mitään muuta, ei mitään kysymystä mistään. Mutta Alex ei jää sitä pohtimaan pidemmäksi aikaa vaan jatkaa taas töitään.

Elokuun alun päivät kuluvat kohti viikonloppua, mutta Karosta ei kuulu mitään. Alex päättää olla viestittämättä. Kai Karo haluaa olla rauhassa. Ovathan he nyt tavanneet viimeisen kuukauden aikana niin usein, että joku voisi kiusoitella heidän seurustelevan. Äsh, tuskinpa vain. Sitä paitsi ei Alex halua seurustella kenenkään kanssa. Hän haluaa olla vapaa kuin taivaan lintu ja poutapäivän valkoinen pilvi, joka itsekseen leijailee sinisellä kesätaivaalla. Hän kaipaa vain välillä läheisyyttä toisen kundin kanssa ja sitä että pääsee toteuttamaan mielihalujaan luotettavan ja mukavan kaverin kanssa. Vasta nyt nelikymppisenä hän huomaa, että se kaveri on Karo. Toisaalta myös ne Karon kaverit, joihin hän on päässyt tutustumaan ovat nyt hänen kavereitaan, ainakin tuttuja. Mutta eivät jotain kasvottomia tai kasvollisia nettituttuja, joista ei oikeastaan tiedä yhtään mitään. Jos jotain pääsee jopa tapaamaankin, niin kaikki päättyy yhteen ainoaan tapaamiskertaan ja hiljaisuuteen. Olihan sitä hiljaisuutta Karonkin kanssa. Ihan mielettömän kauan. Mutta ihan sattumalta Karo kuitenkin palasi Alexin elämään. Karo on avannut Alexille ihan uuden maailman. Ihmeellistä, että hän ei ole tuollaisia tyyppejä itse löytänyt. Onko se niin, että ensin pitää sellainen tyyppi löytää ja sitten tuon tyypin kautta toinen pystyy tutustumaan uusiin tyyppeihin?

Harri ja Heikki... Ehkä Harri etsii seuraa myös erilaisista nettipalveluista, mutta tuskinpa vain Heikki. Tai mistä sitä tietää. Jesper nyt ainakin on sen verran varovainen tyyppi, ettei hänen profiilejaan varmaan löydy mistään alan nettipalveluista. Luca taas on näissä asioissa niin avoin ja suvereeni, että hänhän on oikea ihmismagneetti. Kundin ei varmaan tarvitse kuin lähteä ulos lenkkeilemään, niin jo lenkkipolulla tarrautuu joku kundi magneettiin tai ottaa ainakin jonkin verran vetoa itseensä. Ellei sitten saa sähköiskua jo heti alkuunsa. Ja sitten on vielä Petteri. Hyvänen aika! Hänhän on melkein unohtanut Petterin. Miten Petteri ja Karo ovat törmänneet joskus toisiinsa? Sen on täytynyt olla täysin sattumaa. Petterihän muutti Helsinkiin jo joskus yli 10... Ei, yli 15 vuotta sitten. Niin se aika rientää.

Monta asiaa on tuntunut vain jollain tavalla tapahtuvan ihan kuin elokuvissa. Tuntuu uskomattomalta, vaikka todellisuuttahan tämä kaikki onkin. ”Todellisuus on tarua ihmeellisempää”, sanotaan. Tässä tapauksessa pitää paikkansa. Voisihan sitä Karolta ihan suoraan kysyäkin.

Elokuun toisena lauantaina aamupäivällä Alex lähettää Karolle WhatsApp-viestin:

Moi! Voinko kysyä yhtä asiaa?

Karo:
Moi! Juu. Kysy.

Alex:
Mistä sä tunnet Petterin?

Karo:
Siitä on kuule tosi kauan. Tutustuttiin jossain bileissä.

Alex:
Ok.

Karo:
Kuin?

Alex:
Ajattelin ja ihmettelin vain sattumaa.

Karo:
Ihan sattumaa.

Alex laittaa kännykän vierelleen sohvalle. 10 minuutin kuluttua Karolta tulee uusi viesti:

Haluaisitko tavata tänään?

Alex:

Mikäs siinä. Sun luona?

Karo:

Kello 19. Tervetuloa!

Alex:

Kiitos. Onko sulla taas bileet?

Karo:

Vapaailta. Voisin kysyä Petteriäkin. Mitä sanot?

Alex:

Kysy vain!

Puolen tunnin kuluttua Karo ilmoittaa:

Petteri on tulossa. Nähdään klo 19.

Vai Petteri suostui. Niin joo. Se mitä joskus oli pielessä ja pirstaleina on nyt korjattu. Aika varmaankin on hoitanut tehtävänsä suurimmaksi osaksi. Mutta ehkä myös sekä Petteri että Alex ovat molemmat muuttuneet ihmisinä. Paljon on tapahtunut tässä välissä.

Alex tuntee aivan kuin viimeiset pari vuosikymmentä vilisisi hänen edessään pikakelauksena, mutta ei taaksepäin, vaan kronologisesti koko elämä vuoden 1998 lopulta vuoden 2019 kesään.

18.

Alex avaa keltaisesta pikeepaidastaan kaksi ylimmäistä nappia ja painaa Karon ovisummeria lämpimässä elokuun illassa Helsingin tuomiokirkon kellojen kumahtaessa tasatunnin merkiksi kello 19.

Astuttuaan Karon eteiseen he halaavat keskenään. Karo puristaa kovemmin, samoin Alex.

– Vai ei ole bileitä? kysyy Alex.

– Ei tällä kertaa. Mä ajattelin, että voitaisiin oikeastaan istua kolmestaan alas ja vähän jutella. Otatko viiniä?

– Joo, punaista mieluummin, kiitos!

Alex istahtaa sohvalle.

– Missä Pett... aloittaa Alex ja samassa soi ovisummeri ja Karo rientää eteiseen vastaamaan summeriin.

Petteri ja Karo halaavat yhtä rajusti kuin Alex ja Karokin. Petterikin ottaa punaviiniä ja istahtaa huolettomasti Alexin viereen sohvalle.

– Kiva nähdä, aloittaa Alex siemaillen viiniä lasistaan.

– No niin on, sanoo Petteri. – Sä olet jo töissä, jos oikein muistan?

– Joo, pari viikkoa jo. Varsin hektistä on ollut ja tulee olemaankin seuraavat viikot. Sotkuisia juttuja, firmat taistelee keskenään ja mikään ei tunnu riittävän. Mutta sellaistahan se on. Mutta sä olet nyt lomalla?

– Olen. Tänä vuonna vaan osui kohdalle tämä elokuu, noh ilmojen kannalta on toki ihan jees, mutta noin niinkuin yleensä mä tykkään jos loma olis juhannuksesta eteenpäin neljä viikkoa.

– Vaihtelu virkistää, hymyilee Alex.

– Niinpä. Petteri siemaisee kunnon kulauksen punkkua lasistaan.

– Miten sä muuten aikoinaan tutustuit Karoon?

– No sinäpäs nyt vakavaksi vedit, aloittaa Petteri hiukan hämmästellen.

– Eikun keikun, jotenkin vaan ihme sattuma, että sä ja Karo tunnette toisenne.

– Se oli kauan, kauan sitten, arvailee Petteri.

– Harrin ja Heikin luona pidetyissä bileissä tammikuussa 2013, julistaa Karo pyyhältäen keittonurkkauksestaan punkkulasi kädessään. – Mä muistin vihdoinkin, kun oikein kunnolla pinnistelin ja tarkistelin mun Facebook- ja Instagrampäivityksiä.

– Sä oot Facessa ja Instassa? Alex huudahtaa.

– Lähetä vain kaveripyyntö, kyllä mä sen hyväksyn ja Insta mulla on ihan avoin, kun ei siellä oikeastaan mitään ihmeellisyyksiä edes ole. Instalinkki löytyy Facen tiedoista.

– Mullakin on molemmat, aloittaa Petteri. – Mutta jollain tavalla Instaan tulee lisättyä kuvia paljon helpommin kuin kirjoitettua jotain hauskaa tai vakavaa Facebookiin.

Alex kaivaa kännykkänsä taskustaan, avaa Facebookin ja lähettää sekä Karolle että Petterille kaveripyynnöt. Molemmat kaivavat kännykkänsä esiin melkein samantien ja vastaavat Alexin pyyntöihin. Myös kundien Instagram-tilit saavat uudet seuraajansa.

– Harri ja Heikki, Alex toteaa. – Siinä ovat varsinaiset veljekset.

– Mukavia tyyppejä, kehuu Petteri.

– Juu, ainakin ymmärsivät meikäläistä, Alex sanoo.

Karo ja Petteri nauravat yhdestä suusta.

– Tykkäsivät kyllä sun imuista ihan kybällä, virnistää Karo Alexin suuntaan.

– Sulla on suihinottajan suu, jatkaa Petteri.

– Ja sitten on vielä italiaanomme Luca, sanoo Alex silmät loistaen.

– Niin, Luca, toteaa Karo.

– Mä en Lucaa tunne, enkä kyllä sitä Jesperiäkään, Petteri kertoo.

– Jesperin mä olen tuntenut varmaan muutaman vuoden. Lucan sä olet varmaan tasan kaksi kertaa nähnyt nopeissa käänteissä; silloin kuukausi sitten mun luona ja kerran Harrin ja Heikin luona bileissä, Karo sanoo.

– Nopeita vilauksia, Petteri nauraa.
– Mutta on se komea ihan vilaukseltakin nähtynä.

– Ja kiihkeä, jatkaa Karo vuorostaan silmät loistaen ja kaataa loput punaviinistä suhunsa. – Mitäs sanotte kundit... Kiinnostaisko kolmen kimppa?

Alex ja Petteri katsovat toisiaan. Petteri hymyilee vienosti. Alex kohottaa hiukan kulmiaan.

Karo suutelee Alexia suoraan suulle ja työntää kielensä tämän suuhun. Alexin kädet eksyvät Karon etumukselle. Karo ohjaa Alexin pään etumukselleen. Petteri istuu kundien vieressä ja seuraa tapahtumia hymyillen. Hän hieroo etumustaan housujen läpi ja tuntee kyrpänsä kovenevan housuissa. Alex avaa Karon sepaluksen ja kaivaa esiin Karon puolikovan kyrvän. Karo ohjaa takaraivosta Alex suun kyrvälleen, joka uppoaakin paremmin kuin koskaan Alexin nieluun. Petterikin on kaivanut kyrpänsä esiin ja varovasti, mutta kuitenkin päättäväisesti runkkaa sitä. Petteristä on tosi kiimaista nähdä

Alex ja Karo toimissaan.

– Ei vielä, voihkaisee Karo yhtäkkiä. – Mä en halua laueta vielä.

– No mitä sä sitten haluut? keimailee Alex pehmeällä äänellään.

– Mennään makkariin! ehdottaa Karo ja kaikki kolme kundia ovat täysillä mukana.

Karon makuuhuoneessa on taas pimennysverhot alhaalla ja spottivalot valaisevat sängyn, jolla on tällä kertaa valkoinen silkkilakana. Kokovartalopeilit on aseteltuna tällä kertaa sängynpäätyihin.

– On tämä aika pornoa, sanoo Alex nähdessään koko komeuden.

– Tämä on fantasiaa! sanoo Karo ja työntää Alexin alushousuissaan sängylle.

– Sä kun niistä jaloista pidät niin paljon, niin nyt sä saat nuolla ja palvoa mun jalkojani ihan vapaasti. Ne ovat jopa hikiset tällä kertaa.

Alexin kasvoille nousee kevyt puna ja hymy. Hän aloitaa tutkimusmatkansa Karon varpaista ja jalkateristä, nousee pohkeisiin ja reisiin ja taas takaisin.

– Saat muuten tehdä samanlaisen jutun mullekin, sanoo Petteri ja ryömii sängylle Karon viereen.

Petterin jalat saavat aivan samanlaisen kielikylvyn kuin Karonkin. Alex tuntee kuinka kaikki tämä saa hänet kiihottumaan entisestään ja hän huomaakin pian, miten hänen iso kyrpänsä on täydessä tanassa. Karo naurahtaa asialle ja työntää Alexin selälleen. Hän ottaa Alexin kyrvän yhdellä imaisulla syvälle kurkkuunsa, kakoilee vähän, mutta pystyy kuin pystyykin pitämään kakomisen hallinnassaan ja aloittaa kiihkeän imu- ja nuolemissession. Petteri seuraa Karon toimintaa vieressä ja runkkaa samalla omaa stondistaan, joka erittää jo aika mukavasti kiimalimaa. On huikeaa katsella kolmen kundin toimintaa eri suunnilla olevista peileistä. Se on samalla kiihottavaa, mutta myös hämmentävää. On täysin paljaana ja altistettuna kaikkialle.

– Mä haluan naida sua, ilmoittaa Karo vähän ajan päästä Alexille.

Karon kaivettua liukuvoidepullon ja kondomit sängyn alta hän aloittaa Alexin nussimisen ensin takaa, sitten edestä, sitten sivulta ja lopulta Alex ratsastaa Karon kyrvällä kiivasta vauhtia.

– Petteri, ojennatko raipan sängyn alta! Karo hihkaisee vieressä runkkaavalle Petterille.

Petteri vilkaisee sängyn alle, löytää raipan lattialta ja ojentaa sen Karolle. Karo alkaa naputtelemaan kevyitä läpsäyksiä ratsastaja Alexin pakaroille.

– Runkkaa samalla sun kyrpää, Alex! kannustaa Karo.

Alexia ei tarvitse paljon opastaa, sillä Alex on tällä hetkellä niin kiimassa, että runkkaaminen on ainoa tapa huojentaa oloa. Ratsastaessaan hän seuraa omia liikkeitään ympäröivistä peileistä ja kiihottuu entisestään lasisista katselijoistaan.

Vihdoin Karo ilmoittaa laukeamisen lähestymisestä mikä saa Alexin nousemaan ratsailta. Karo vetäisee kortsun pois kyrvältään ja laukeaa rinnuksilleen melkein samalla voihkien ja hytisten. Seuraavaksi laukeaa Alex Karon vatsalle oman kermaisen lastinsa.

Petteri on koko ajan katsellen runkkaillut vieressä ja haluaa nyt myös käsitellä Alexia. Karo ojentaa kortsut ja liukuvoiteen Petterille. Hän imettää kiimalimaa tihkuvaa kyrpäänsä Alexin suulla ja nussii Alexia samalla tavalla kuin Karo äsken. Ensin takaapäin, sitten edestä, sivulta ja lopuksi Alex ratsastaa Petterin kyrvällä intohimoisesti. Petterin laukeaminen tapahtuu aika nopeasti, mutta Alex ei ihan hetkessä pysty laukeamaan toista kertaa. Mutta siihen löytyy keinot, sillä molemmat Karo ja Petteri imuttavat Alexin mahtikyrpää ja saavat kuin saavatkin sen laukeamaan aika nopeasti toisenkin kerran.

Valkoisissa silkkilakanoissa on hikipisaroita, spermapisaroita ja kiimaisen homoseksin miehekäs aromi.

19.

Kiihkeän kolmen kimppa -session jälkeen Alex syventyy taas elokuun loppupuolen ajaksi töihinsä, joita onkin taas ihan riittävästi. Karo ilmoitti jo illan päätteeksi, ettei kannata ihmetellä, jos hänestä ei vähään aikaan kuulu. Kuulemma jokin suurempi työprojekti alkamassa ja kestää kuukauden. Petteri kertoi vielä lähtiessään, että hän lähtee viikoksi New Yorkiin loppulomansa ajaksi. Mutta olisi taas Helsingissä syyskuun alussa, kun työt jatkuvat.

Alex seuraa aina silloin tällöin Karon ja Petterin elämän tapahtumia Facebookin ja Instagramin perusteella. Karolta ilmestyy yksi päivitys elokuun viimeisellä viikolla: "Pitäisikö tässä nyt itkeä vai nauraa?" Päivitys kerää tykkäyksiä, pari sydäntä ja yhden oho-ihmetyksen sekä aika monta kysymysmerkillä varustettua ihmettelyä. Mutta Karo on hiljaa, eikä vastaa niihin. Instagramin puolella Karo on viimeksi julkaissut kuvan kolmesta viinilasista hänen olohuoneensa pikkuisella pöydällä samana iltana, kun kolmen kimppa tapahtui. Alex päättää lisätä päivitykseen tavallisen tykkäyksen.

Petterin Facebook ja Instagram suorastaan virtaavat tähtilippuja ja New Yorkin kauniita ja rosoisia kulmia. Tykkäyksiä, sydämiä ja oho-efektejä kertyy reilusti. Alex on aina haaveillut New Yorkista ja Los Angelesista ja lisää sydämet Petterin kuvasarjoihin.

Mitäköhän sille Jesselle kuuluu? Havahtuu Alex taas kerran mietteistään eräänä syyskuisena iltana tuijottaessaan tylsänä telkkaria. Hän päättää lähettää WhatsApp-viestin Jesselle:

Moi Jesse! Mitä kuuluu? - Alex

Alexin ollessa vuodesohvallaan jo melkein puoliunessa kilahtaa Jessen vastaus:

Alex päättää vastata aamulla ja nukahtaa.

Sähäkälle punatukkaiselle Jesselle sopii lauantai oikein hyvin ja näin saa Alex jotain muutakin ajateltavaa kuin työnsä.

Tällä kertaa Jesse on säästänyt viimeisessä pelissä käyttämänsä futisasun pesukoneelta ja niinpä Alex pääsee tutustumaan miten miehekkäältä Jesse tuoksuu kiivastahtisen ja hikisen pelin jälkeen.

Jesse ottaa tällä kertaa Alexilta suihin ensin ja sitten nussii Alexin suuta kovalla kyrvällään. Sitten hän nuolettaa jalkansa ja kroppansa Alexilla. Tutkiessaan Jessen kroppaa kielellään Alex eksyy myös imuttamaan Jessen kyrpää, josta jo roikkuu kiimalimatippa kärjessä. Jesse työntää Alexin sängylle ja ottaa makuuhuoneensa kaapista esiin dildon, kortsut ja liukuvoiteen.

– Tätähän me ei olla vielä kokeiltu, Jesse sanoo heilutellen dildoaan Alexin nenän edessä..

– Jason Longhorn! Alex huudahtaa.

– Mistäs arvasit?

– Mä tunnistan tuon dildon vaikka missä, koska mulla on samanlainen, Alex kehuu.

– Varsinainen Pitkätorvi tosiaan.

– Mun suosikkipornotähti ollut jo 1990-luvun lopulta lähtien, Alex paljastaa.

– Samoin. Katsos vaan Alex-boy, meillä on taas jotain yhteistä, sanoo Jesse arvoituksellisesti.

Alex saa seuraavaksi tuntea miltä tuntuu, kun toinen kundi nussii häntä Jason Longhornen aidosta elimestä tehdyllä dildolla. Jasonin jälkeen on vuorossa Jessen aito ja miehekäs kyrpä valmiina yhtä lailla kuin Jesse itse pelikentälllä tekemään maalin. Mutta nyt Jesse ei halua ehtiä maaliin nopeasti vaan haluaa pitkittää himoaan, joka on vain kasvanut ja kasvanut viime viikkojen treenien ja pelien aikana. Alex saa tuntea Jessen voimakkaan taistelutahdon ja miehekkään urheillullisen vartalon, joka kuitenkin löytää tiensä maaliin valtavan syöksyn innoittamana.

– Vittu, kun hävittiin se kauden viimeinen matsi. Se oli ihan tuosta kiinni, että oltaisiin saatu vielä yksi maali, Jesper näyttää sormillaan noin yhden senttimetrin kokoista tilaa sormiensa välissä.

– Sä oot silti mun suosikkifutari, sanoo Alex lohdutukseksi.

Jesse kääntyy Alexia päin.

– Mä vaadin täydellisyyttä itseltäni.

– Ei kukaan ole täydellinen, sanoo Alex. – Ethän sä olisi ihminen, jos olisit täydellinen.

– No, nyt kun kausi on ohi, mä voin taas treenata itseni vielä paremmaksi kuin mitä mä olin tällä ja edellisellä kaudella.

Alexin korvissa tuo kuulostaa todella hurjalta, kun tuntuu ettei mikään riitä, vaan aina pitää yrittää olla vielä parempi.

– Tämä voi susta varmaan kuulostaa aika kovalta, Jesse jatkaa vähän ajan kuluttua. – Mutta sellaista se on urheilumaailmassa. "Ei armoa ja tuulta päin!" Mä haluan olla paras hyökääjä.

– Sitähän sä just olit tässä sängyllä, Jesse! Alex sanoo ja siirtyy Jessen kainaloon.

20.

Alex viestittää Karolle lokakuun alussa, mutta Karon WhatsApp on hiljaa, eikä vastaa. Alex keskittyy taas töihinsä asianajotoimistossa, jossa riittää juttuja ratkottavaksi. Syksy on tullut Helsinkiin. Eräänä lokakuisena perjantaina Alex matkustaa junalla Turkuun viettämään viikonloppua vanhempien luo kotiinkotiin.

Lokakuiset päivät kuluvat nopeasti, mutta yhtenä perjantai-iltana, kun Alex on palaamassa kotiinsa oltuaan yksinään elokuvissa hänen kännykkänsä ilmoittaa uudesta WhatsApp-viestistä.

Moi Alex. Haluaisitko tavata? Voin tulla sun luo tai sä mun?
Harri.

Harri? Ei voi olla totta. Alex vastaa, että mieluummin lauantaina vaikka päivällä ja hänen puolestaan voitaisiin tavata hänen luonaan. Se sopii myös hyvin Harrille. Alex jatkaa vielä kysymällä, tuleeko Heikki myös, mutta Harri vastaa että Heikillä ei ole nyt homokausi menossa.

Alex ja Harri tapaavat Alexin yksiössä lauantaina. Harri kertoo kaivanneensa Alexin hehkuvaa suihinottajan suuta, johon Alex nauraa huvittuneena.

– Se on ihan totta, puolustaa Harri.

– Ei se ole itsestäänselvyys, että kundi osaa ottaa suihin.

– Mä kyllä kakoilen silti, vaikka siitä tykkäänkin.

– No kyllä sä silloin kesällä Karon bileissä olit kyllä niin kiimainen lutkapoika, että sun suuhun upposi kyrpä jos toinenkin, eikä siinä sulla paljon ongelmia näyttänyt olevan, Harri kehuu.

Alex punastuu hieman.

– Mä olen lutkapoika seksissä. Tai ainakin haluan olla, Alex sanoo.

– Jospa sitten avaat sepalukseni ja näytät mitä osaat! Harri rohkaisee ja nousee seisomaan sohvalta.

Alex riisuu paitansa ja asettuu polvilleen lattialle Harrin eteen. Hän painaa päänsä Harrin etumukselle ja sitten hieroo sitä käsillään. Harrin kyrpä kovettuu nopeasti ja Alex kaivaa sen esiin housuista. Hän suutelee ensin kyrvän kärkeä ja sitten aloittaa intohimoisesti imemään Harrin paksua kyrpää välillä kakoillen ja välillä niin, että kyrpä uppoaa suuhun kevyesti kuin pehmeään pumpuliin. Sitten Harri nostaa Alexin seisomaan ja asettuu itse polvilleen Alexin eteen ja avaa Alexin sepaluksen ja kaivaa esiin Alexin kyrvän, joka on melkein jo saavuttanut puolikovana melkein täyden mittansa. Harri on itsekin oikein ilmiömäinen suihinottaja, toteaa Alex mielessään nauttiessan Harrin suusta kyrvällään.

Tätä menoa jatkuu yllättävän kauan ottaen huomioon, että Harri on laukeamisen suhteen minuuttimiehiä.

– Haluatko naida mua? Alex kysyy nautittuaan hetken aikaa Harrin suun käsittelystä.

Harri suostuu oitis ja Alex ottaa

kaapista esiin liukuvoiteen ja kortsut. Harrin nussiminen on Karoon ja Jesperiin verrattuna kesyä ja hellää, mutta kuitenkin miehekästä, jossa kuitenkin tuntuu kumpi on tässä se, joka määrää.

Harri haluaa laueta Alexin kasvoille ja Alex haluaa tehdä samoin Harrille. Spermanaamaisina Alex ja Harri suutelevat toisiaan saavutettuaan voimakkaat orgasmit.

– Kuule Harri, Alex sanoo rauhoituttuaan orgasmista. - Voisinko mä vähän leikkiä sun jaloilla?

– Jalkaleikit ei oikein ole mun juttu. Mä en saa siitä minkäänlaisia kicksejä, eikä mua kiinnosta mitkään piiska- tai sitomisleikitkään. Karon kanssa sä voit toteuttaa sellaisia juttuja. Mutta sulla Alex on ihan hemmetin hyvät suu ja perse.

– No, kiitos.

21.

Lokakuun loppupuolella Alex saa päähänsä laittaa viestiä Petterille, mutta Petteri vastaa lyhyesti kertoen olevansa kiireinen, ettei ainakaan ehdi tapaamaan. No, ei sille sitten mitään voi, Alex ajattelee.

Mutta sitten tuleekin yllätysviesti Karolta:

Kiinnostaisiko Carmen?

Alex:
Carmen?

Karo:
Niin, Carmenista soolona Kansallisoopperan Alminsalissa. Yksi mun tuttu laulaa.

Alex:
Ai sellainen. Kyllä vain. Koska? Mitä maksaa?

Karo:

Marraskuun toisen viikon perjantaina klo 19.
Mä sain liput häneltä.

Alex:

Nähdäänkö siellä sitten? Sulla liput?

Karo:

Mulla on liput. Nähdään siellä.

Tämä on viimeinen WhatsApp-
viesti Karolta Alexille ennen oopperailtaa.

Alex saapuu oopperaan sovittuna
perjantaina klo 18.30 aikoihin, mutta Ka-
roa ei näy missään. Hän lähettää Karolle
viestin:

Moi! Missä olet?

Ei vastausta. Karo ei ole edes ollut
aktiivinen WhatsAppissa koko päivänä.
Alex lähettää samansisältöisen viestin
myös tavallisena tekstiviestinä, Faceboo-
kin Messenger-viestinä ja Instagramissa.
Ei vastausta vielä 18.55.

Hän yrittää soittaa Karolle, mutta puhelin ilmoittaa: "Valitsemaanne numeroon ei juuri nyt saada yhteyttä."

Eikä Karoa näy missään koko ooppperan tai Alminsalin aulassa. Karolla on myös liput, joten Alex ei yksinään voi mennä katsomaan Carmenin sooloa.

Alex noutaa takkinsa narikasta ja istahtaa hetkeksi oopperan aulaan. Missä hitossa se Karo voi olla? Eipä silti. Omituista se on ollut oikeastaan tässä pitkin syksyä. "Pitäisikö tässä nyt itkeä vai nauraa?" Se on ja pysyy edelleenkin Karon viimeisimpänä päivityksenä hänen Facebook-profiilissaan.

Tietäisiköhän Petteri jotain? Alex lähettää viestiä, mutta Petterikään ei ole kuullut Karosta elokuun jälkeen. Harri? Ei ole hänkään kuullut Karosta pitkiin aikoihin. Jesper? Jospa Jesse tietää, mutta ei tiedä hänkään. Taitaa olla Luca vielä jäljellä. Alex lähettää sekä Facebookissa ja Instagramissa viestiä Lucalle, joka vastaa noin 10 minuutin kuluttua, ettei tiedä Karosta mitään. Hän on itse vaihteeksi kotonaan Helsingin Herttoniemessä. Luca vastaa vielä uudelleen, että Karo on kyllä taipuvainen masentumaan ajoittain ja olemaan tavoittamattomissa.

Näiden vastausten kanssa Alex tuntee itsensä neuvottomaksi. Hän kävelee ulos oopperasta. Ulkona on alkanut sataa tihkua. Siitä suuremmin välittämättä hän suuntaa kohti Oopperan ratikkapysäkkiä Mannerheimintiellä. Kävellessään hän valitsee uudelleen Karon numeron. ”Valitsemaanne numeroon ei juuri nyt saada yhteyttä!”

Ei. Nyt suorinta tietä Karon luo. Alex astuu ensimmäiseen ratikkaan, joka sattuu olemaan linjan 10 vaunu, joka ajaa Mannerheimintietä suoraan Helsingin keskustaan. Lasipalatsilla hän jää pois ratikasta ja vaihtaa Rautatieaseman pysäkillä linjan 7 ratikkaan jolla hän pääsee kätevästi ja nopeasti sadetta välttäen Kruununhakaan.

Voi Karo! Kunpa sulle ei olisi sattunut mitään! Alex miettii.

22.

Liisankatu, Karon kotikatu, hohkaa kylmää kosteutta tihkusateen jälkeen marraskuisessa illassa, kun Alex astuu ulos ratikasta. Hän huomaa hermostuvansa entisestään, kun hän lähestyy Karon talon rappukäytävän ovea. Hänen kätensä tärisevät kun hän painaa Karon asunnon ovisummeria.

– Voi hyvänen aika sentään! Kuka siellä? Tulkaa auttamaan! Huutaa hätääntynyt naisääni kaiuttimesta ja summerin soidessa Alex puikahtaa rappuun.

Karon äiti! Havahtuu Alex ja juoksee portaat toiseen kerrokseen. Karon asunnon ovi on auki. Koko eteinen on valaistu ja Karo makaa lattialla selällään. Karon äiti on polvillaan ulkovaatteissaan hänen vieressään. Iso matka-arkku on kiinni. Sen päällä on tyhjä viinilasi ja muutamia avattuja lääkepakkauksia ja myöskin liput Alminsalin Carmen-esitykseen.

– Ei voi olla totta! Karon äiti nostaa päätään. – Mä tulin ihan just ja löysin Karon tästä lattialta elottomana. Hän ei hengitä. Ehdin soittaa jo ambulanssin vähän ennen kuin soitit ovisummeria.

– Mä olen Alex, muistat varmaan.

Alex polvistuu myös Karon ja hänen äitinsä viereen. Karon vieressä lattialla on oksennusta.

Ensihoitajat saapuvat yllättävän nopeasti. Karon äiti jää eteiseen, mutta Alex luikahtaa pois alta rappukäytävään. Hän painautuu selkä seinää vasten ja kuuntelee ensihoitajien ja Karon äidin keskustelua. Karon äiti Kaarina ja toi on Alex, Karon ystävä. Voi ei. Ei hengitä ei. Pojallani on ollut ongelmia. Lääkkeitä ja alkoholia. Masennusta. Sitä hänellä on ollut ennenkin. Onko Karo siis... Kuollut? Ei kai Karo voi olla kuollut? Miksi nyt? Miksi juuri nyt? Tämä on aivan uskomatonta. Miten niin muka lämpötilaa ei edes voi mitata?

Hoitajien kysymykset ja Karon äidin vastaukset pallottelevat eteisen puolelta toiselle kuin kiivas tennismatsi. Lopulta kuuluu erään hoitajan ikävä ilmoitus:

– Olen hyvin pahoillani, mutta teidän poikanne on kuollut. Otan osaa.

23.

Helsingin Krunikan marraskuisessa illassa lämpötila on laskenut lähelle nollaa ja on alkanut sataa rauhallisesti räntää. Se ei ole lunta, vaan jotain lumen ja vedensekaista töhnää. Se tuntuu hiukan pistävältä osuessaan poskipäihin.

Alex kävelee Liisankatua kohti Varsapuistikkoa. Noin tuntia aikaisemmin hän vielä yritti saada Karon äitiä rauhoittumaan, vaikka molemmat olivatkin kohdanneet suuren järkytyksen, kun olivat löytäneet Karon elottomana asuntonsa eteisen lattialta. Kaiken toivottomuuden ja surun keskellä Karon äiti jopa pahoitteli huonoa käytöstään löytäessään Alexin, Karon ja Petterin sängystä yhdessä. Mitä merkitystä sillä nyt enää on? Sehän oli kännisen muijan houreita, kuten Karon äiti sen itse ilmaisi. Poliisikin tuli paikalle ja kuulusteli sekä Alexia että Karon äitiä. Onneksi Karon isä tuli hakemaan vaimoaan Karon asunnolta. Sitten he kaikki kolme seurasivat, kun Karon ruumis vietiin valkoiseen lakanaan kiedottuna paareilla hautaustoimiston ruumisautoon. Tällaisissa tapauksissa pitää aina tehdä ruumiinavaus ja kuolemansyyntutkimus. Mutta pääpiirteissään näyttäisi siltä, että Karo oli juonut viiniä ja syönyt lääkkeitä. Varmaan yliannostus.

Alex on tämän raskaan koettelemuksensa jälkeen ajelehtinut ympäri Kruununhakaa ja käynyt Pohjoisrannassakin. Merellä oli nousemassa pienoinen talvimyrsky. Sitten takaisin Liisankatua. Varsapuistikossa hän pysähtyy hetkeksi ja katsoo jonnekin Hakaniemen suuntaan.

Karo on kuollut. Kuollut. Hän ei tule enää koskaan tapaamaan Karoa. Karo on poissa. Nyt ja ikuisesti.

Ei, hänen pitää nyt myös ilmoittaa Petterille, Jesselle, Harrille ja Heikille ja Lucalle. Voi ei... Hän menee Varsapuistikon ratikkapysäkin suojaan ja soittaa ja ilmoittaa, itkee, soittaa ja ilmoittaa, itkee taas... Kaikki vuorollaan tarjoutuvat tulemaan Alexin seuraksi, mutta Alex sanoo, että hän haluaa olla nyt yksin. Ihan yksin. Jesper ja Luca lupaavat kuitenkin myöhemmin illalla, kello on jo 21.45, siis oikeastaan yöllä soittaa ja varmistaa, että Alex todellakin on kotona.

Alex tuntee kyynelten valuvan hänen kylmille poskipäilleen. Pala nousee kurkkuun. Veden ja jään pistävät kiteet putoilevat Alexin hiuksiin ja kasvoille, kun hän tulee ratikkapysäkin suojan alta pois. Ensimmäisen kerran viime kesän jälkeen hän tuntee olevansa yksin. Sitähän Alex juuri nyt onkin. Hän on yksin. Hän haluaisi paeta. Hän haluaa paeta jonnekin kauas. Samalla hän kuitenkin haluaa myös jäädä. Hän haluaa takaisin eiliseen, joka jo hävisi jonnekin. Kyyneleet valuvat nyt kuin virta hänen silmistään.

Hän haluaa edelleen toteuttaa unelmia, jotka jo kerran tai kaksi ovat rikkoutuneet.

Kiitos kaikesta Karo!
Alex

*Kiitos sinulle lukijani,
kun olet päässyt tämän tarinan loppuun.
Mitä mieltä olet lukemastasi?
Oliko liian rohkea?
Aivan liikaa homoerotiikkaa,
suorastaan homopornoa ajoittain?
Mutta toivottavasti tarina
herätti ajatuksia!*

Markus